二見文庫

語学教室　夜のコミュニケーション

橘　真児

目次

語学教室　夜のコミュニケーション

第一章　いきなり不倫レッスン

1

これを青天の霹靂《へきれき》と言わずして、何と呼ぶのか。

「そういうわけで、雁谷《かりや》君には中国に行ってもらう」

自身の所属する製造部の部長と、人事部長のふたりを前にして、雁谷俊三《しゅんぞう》は唖然として立ちすくんだ。

「……中国ですか？」

ようやく問い返したのは、異動の宣告があって三十秒近く経ってからである。

「そう、中国だ」

人事部長が大きくうなずく。

「ええと、日本の中国地方でなく？」

「もちろん外国のほうだよ。中華人民共和国だ」

そこまではっきり言われては、再確認のしようがない。

（嘘だろ……）

全身から力が抜けるのを覚える。

俊三の勤め先は、中堅の玩具メーカーである。プライズゲームの景品や、ガチャガチャと呼ばれる販売機で購入するカプセルトイ、アニメキャラクターのフィギュアといった商品の企画製造販売を手がけている。

入社して十五年、三十八歳になった俊三は製造部に所属し、役職は課長補佐。いちおう肩書き付きだが、やっている仕事は新人時代からほとんど変わっていない。

まあ、給料が上がったぶん、面倒なデスクワークや上からの叱責が増えたのは確かだ。それから、責任を背負わされることもたまにある。

会社の業績さえ安定していれば、今後も地位と給与が上がっていくのだろう。と、未来に関しては漠然と考えていた。悲観もしなければ絶望もしない。分不相応な希望や期待を抱くこともなかった。

ただ、なるべく楽をしたい、面倒なことは避けたいという怠惰な面が、無きにしも非ず。

結婚せずに独身を貫いてきたのは、急流や濁流を避けて流れに棹さす性格に因る。名前の通り三人兄弟の末っ子であることも、受動的で積極性に欠ける人格の形成に関与していたかもしれない。

ともあれ、そうやってのほほんと生きてきた俊三に、突然の海外異動命令は予想外もいいところ。まさに青天の霹靂であり、寝耳に水であった。

「ええと、どうしておれ――僕が中国に行かなくちゃならないんですか?」

ほとんど泣きそうになって訊ねると、上司たる製造部の部長が口を開く。

「我が社の商品が中国の工場で製造されていることは、雁谷君も知っているだろ?」

「ああ、はい」

「それから、向こうにまかせっきりにしているわけではなく、中国支所の人間が製品のチェックをして、工場への指導をしていることも」

「はあ……」

「現在、中国支所長を務めている樺島《かばしま》君が、本社へ戻ることになった。そこで、代わりの人間が必要になったんだよ」

「で、相応《ふさわ》しい人間を探して、雁谷君が次期支所長に抜擢されたわけだ。現在の製造部製造課の課長補佐から、要は栄転ということさ」

人事部長が説明を加える。しかし、俊三は少しも喜べなかった。

なぜなら支所長といっても、そこは他に通訳を兼ねた現地人の助手がいるだけの、実質ひとり支所であるからだ。栄転どころか、ほとんど島流しと言っていい。いや、この場合は大陸流しか。

もともと中国支所は事務所も大きく、社員も十名近くいたそうである。ところが、人件費を含めたコストの問題、さらに、万が一何かあった場合に一極集中はまずいとの考えから、アジアの他の国々へも製造を依頼するようになった。それに伴い、中国支所は縮小され、現在のようなひとり体制になったと訊いている。

樺島という現支所長のことは知らなかったが、こんなところはもう嫌だと駄々をこね、人事に泣きついたのではないか。そうに違いないと、俊三は勝手に決めつけた。中国支所にも、かの国にも、好ましい印象が何ひとつなかったからだ。

ここはどうあっても断らねばと、俊三は眉間が痛くなるほどに知恵を振り絞った。しかし、妙案がおいそれと浮かぶはずもなく、まったくの徒労に終わる。

「あの、どうして僕が抜擢されたのか、その理由を教えていただけますか？」

結局、そんな悪あがきの質問しか出なかった。

「もちろん、誰でもいいというわけじゃない。まず、製造のノウハウを理解し、熟知している人間でなくちゃ困る。でないと、工場への指導ができないからな」

製造部長がもっともらしい顔つきで述べる。それはたしかにその通りだと、俊三はうなずいた。

「つまり、ある程度製造部でキャリアを積んだ者ということになる」

「それから、人事の立場で言わせてもらうと、独身でなくちゃ困るんだ」

人事部長があとを継いで述べる。

「え、どうしてですか？」

「中国支所の事務所は、支所長の現地住まいも兼ねていて、そこにひとりしか住めないからだよ。まあ、夫婦ふたりとかなら何とかなるだろうが、とにかく狭いからね。子供がいたらまず無理だし、現地の様子を見たら、奥さんも行きたがらない恐れがある」

ということは、単に住まいが狭いだけでなく、他のマイナス要素もあるのか。

まさか恐ろしく治安が悪いとか、スラム街の真ん中ということはないだろうが。

「実は、樺島君は妻帯者でね。ずっと単身赴任だったんだが、そのせいで夫婦関係が危なくなったって泣きつかれたんだ。そろそろ子供も欲しいそうだから、さすがにこれ以上無理強いはできなくてね」

人事部長が、仕方ないというふうに肩をすくめる。

「それに、彼は製造部の人間でもなかったんだ。中国語ができるということで選ばれて、製造のことは現地で勉強してもらったんだよ。かなり負担をかけたから、わたしも継続してもらうのは忍びなくてねえ」

製造部長が、気の毒でたまらないという顔で嘆息する。だったらご自分が行けばいいじゃないですかと思ったものの、上司にそんな進言ができるはずもない。

「そういうわけで、独身で製造のことをわかっている人間ということで、雁谷君を支所長に推薦したんだよ。幸いにも、社の上層部は全員賛成してくれた。おかげで、滞りなく辞令が下りたんだ」

「いえ、あの、おれの意向は……」

「異動は来春だ。それが先延ばしできるギリギリのラインだから、準備のほうをしっかり頼むぞ」

ふたりから畳み掛けられ、俊三はとうとう断れなくなった。もとより、辞職を覚悟してでも拒否するなんて度胸があるはずもない。これまでの生き方同様に、流されるしかなかったのである。

「……ええと、準備と申しますと？」

「まずは中国語だろう」

当然じゃないかという口ぶりで、製造部長が答える。これに、俊三は驚きで目を丸くした。

「でも、ちゃんと通訳がいるじゃないですか」

「仕事に関してはな。しかし、プライベートまで、すべて面倒を見てくれるわけじゃない。それこそ買い物をしたりとか、何か用事をするときには、言葉が通じなくちゃ話にならんだろう」

「前回の引き継ぎのときには、他に適当な人間がいなかったから、中国語のできる樺島君に行ってもらったんだよ。何しろ時間がなかったし、言葉がわからなかったら生活できないからね」

人事部長が事情を打ち明ける。本当に中国語が話せるというそれだけの理由で、彼は異国の地に飛ばされたわけだ。

（で、おれは製造畑の人間で、さらに独身ということだけで選ばれたのか……）

実績や才能を認められてではないのだ。そんなもの、自分でもあるとは思わなかったけれど。

「前回は時間がなくてバタバタしていたから、樺島君に無理をさせてしまったが、今回は出発まで半年近い猶予があるんだ。準備もしっかりできるだろう。ああ、中国語の習得については、たとえばスクール代がかかっても、会社から補助が出るから心配するな」

製造部長が笑顔で告げる。まったく他人事だ。

（たった半年で中国語を身につけるなんて、そんなことできるのかよ？）

中学から学んだ英語ですら、ひどく覚束《おぼつか》ないというのに。

ともあれ、ふたりがかりで押し切られ、俊三は中国行きを渋々了承させられた。

これからいったいどうなるのか、それは彼自身にもまったくわからない。

目の前に、コールタールのようにヌメった黒い道が続いている気がした。

2

とにかく時間が限られている。四の五の言っている暇などない。

春の異動までに、中国語を習得せねばならないのだ。少なくとも、日常会話で不自由しない程度には。

どうすれば確実に身につくだろうと考えて、俊三が出した結論は、餅は餅屋ということであった。

自己流で学ぼうとしたところで、もともと素養がないのだから、行き詰まるのは目に見えている。だったら、最初から語学習得の専門家に任せるのが無難だ。たとえ費用がかかっても、そのほうが絶対に確実である。それに、会社から補助が出るというのだから。

俊三は直ちに外国語会話のスクールを探した。とにかく通いやすいほうがいいと、会社の最寄り駅の近くにあるものを。

彼が入学を決めたスクールは、名前を「ＡＥ－ｏｎｅ」という。アカデミック・イングリッシュとかエデュケーションとか、たぶんそういう意味なのだろう。

他にも同種のスクールがあったのに、ひと目でそこがいいと決めたのは、看板を見て「あー、いーわん」といやらしい読み方をしたためだ。そして、何かイイコトがあるかもしれないと、あり得ない期待を抱いて申し込んだのである。

ようするに、そんなものに救いを求めたくなるほど、プレッシャーを感じていたわけだ。

そこは英会話が主だったが、中国語コースもあった。しかも、少人数制で丁寧に指導してくれるという。ちょうど半年のコースが開設されるところで、タイミング的にもばっちりだった。

(これなら何とかなるだろう)

希望を抱き、最初の授業に参加してみれば、十人も入れば満杯の小さな教室に、生徒は他に同世代か年下と思しき女性がひとりいるだけ。少人数制ゆえなのか、申し込みが少なかっただけなのかはわからない。

あとはどんなひとが教えてくれるのかであるが、

「わたしがこのコースを担当する、深見理佳子《ふかみりかこ》です。半年という短いあいだですが、いっしょに頑張っていきましょう」

講師は若い女性であった。外国語大学を卒業し、中国に留学した経験もあるという。指導力は期待できそうだ。

もっとも、俊三はそれ以外の要素に惹かれた。

（こんな美人の先生に当たるなんて、ラッキーだったな）

目の前の美女を、うっとりと見つめる。

理佳子は自己紹介で、大学卒業後にこのスクールに就職し、五年目になると述べた。そうすると、年は二十七歳ぐらいか。けれど、笑顔がチャーミングで潑剌《はつらつ》としているから、もっと若く見える。二十代前半と言われても、少しも疑わないだろう。

肩にかかる長さの黒髪は、サラサラして艶やか。前髪に隠れがちの眉はくっきりと濃く、二重まぶたの大きな目と相まって、勝ち気な印象を与える。それが整った美貌をあどけなく見せていた。

だが、肉体は女らしく発達している。清楚な白いブラウスの胸元は、少しも余裕がなくパツパツだ。豊満な腰回りを包む黒のタイトミニも、窮屈そうに女体のラインをあらわにしている。

加えて、ベージュのパンティストッキングを穿いた太腿も、むちむちして肉感的である。そういう素材なのか、薄地に明かりが反射して、光沢ができているのが妙になまめかしい。

そんなところまでわかるのは、彼女が小さな教卓にたわわなヒップを浅く乗せ、脚を格好良く組んでいたからだ。タイトミニの奥に下着が見えそうで、俊三は身を乗り出したくなるのを懸命に堪えた。

中学や高校のときに、こんな美人でセクシーな先生がいたら、男子たちは大騒ぎだったろう。残念ながらそういうことは一度もなかった。おかげで、今さら青春をやり直しているような、感傷的な気分になる。さらに、

（ああ、こんな美人先生に誘惑されて、『あー、いーわん』とよがらせることができたらなあ――）

と、あられもない妄想に耽る始末。股間の分身が、久しくなかったぐらいに硬く勃起した。

いい年をして童貞じみている俊三だが、もちろんセックスの経験がないわけではない。だが、少ないのも事実だ。

経験人数はふたり。大学時代と新入社員時代に、どちらも飲み会のあとで先輩から誘われるというパターンだった。

普段は特に、先輩女子に可愛がられることはなかった。年上に好かれるタイプ

でもなく、どうやら酔った勢いと後腐れがなさそうということで、快楽を貪る相手に選ばれたらしい。

ふたりとは一度きりで終わらず、それぞれ二、三度関係を持った。けれど、その後はほとんど無視されるという寂しい結末を迎えた。長く付き合う価値がないと判定されたわけだ。

それ以外にも、恋人らしき存在ができたことがある。ところが、彼女とは肉体関係を持つ前に自然消滅した。自分から求めようとせず、成り行き任せの俊三に、彼女のほうが幻滅して離れたのだ。それを引き止めようとする根性もなかった。

かくして、女性にあまり縁のない生活を送ってきたものの、性欲は人並みにある。魅力的な異性を前にして淫らなことを考えるのは、致し方ない部分もあった。

もちろん、女性にはしたないポーズをとらせるのは頭の中だけで、行動に移すことはない。

「では、自己紹介をしてもらいます。ええと、雁谷さんから」

いきなり名前を呼ばれ、俊三は焦りまくった。

「え——は、はいっ」

小さな机と一体になった椅子から立ちあがろうとして、股間のテントを天板の端に思いっきりぶつける。

「ぐはッ」

たまらず床に転げ、うずくまってうーうー唸るという醜態を見せてしまった。

「まあ、どうしたんですか？」

「あ、いえ……立ちあがったはずみに、太腿を机にぶつけてしまって」

ぶつけたのが腿の付け根部分であることは、さすがに言えなかった。

「机も椅子も小さめなんですから、気をつけてくださいね」

理佳子のあきれたような声に、俊三は情けなくて涙が出そうになった。それでも、ぶつけたショックでペニスが力を失い、平常状態に戻ったのは不幸中の幸いだったろう。どうにか立ちあがり、気をつけの姿勢を取る。

「ええと、雁谷俊三と申します。来年の四月に中国へ転勤することになっていますので、それまでに基本的な会話ができるように頑張りたいと思います」

無難な自己紹介をすると、名簿らしきものを手にした理佳子が、

「ヤングゥージュンサン」

と、呪文みたいな言葉を口にした。

「へ？」

きょとんとする俊三に、彼女がもう一度同じことを言う。それから、

「雁谷俊三さん、中国語の発音ではヤングゥージュンサンになります。そして、私は誰々ですというのは我是、ウォ・シーと言いますから、私は雁谷俊三ですは、ウォ・シー・ヤングゥージュンサンとなります」

「はあ……」

「では、言ってみてください」

「う、ウォ・シー・や、ヤングー……ジュンサン」

つっかえながらどうにか発音し、三回ほど直されてようやく合格点をもらえる。これが俊三にとって、初めての中国語であった。

「では、続いて四津木《よつぎ》さん」

「はい」

もうひとりの受講生が席を立つ。花柄のワンピースが包むむちむちしたからだつきは、見るからに熟れた風情。薄化粧の肌は張りがあってツヤツヤして、眼差しに色気が溢れていた。

（人妻……かな？）

年も三十代の半ばぐらいに見えるから、きっとそうだろう。美人ではないが愛

嬌があり、男好きのする面立ちだ。

いや、理佳子と比較するから美人に感じられないだけで、顔の造作は充分に整っている。

「わたしは四津木詩絵《うたえ》です。中国の方たちとコミュニケーションをとりたくて、こちらのコースを受講することにしました。よろしくお願いいたします」

はきはきと述べた詩絵は、見た目そのままに社交的な性格のようである。国を問わず、多くのひとびとと交流したいのだろう。

理佳子は詩絵にも名前の中国語読みを教え、同じように自己紹介をさせた。それから、生徒ふたりの顔を交互に見ながら話す。

「中国語は漢字を用いていますので、他の外国語よりも親しみやすいと言えるでしょう。読めなくても文字を見れば、大方の意味が摑める場合もあります。けれど、会話となるとそうはいきません。文字なんて見えないんですから。むしろ、日本語の漢字の音を連想することで、混乱する場合もあります。ですから、耳で聞き、口に出して憶えるという言語習得の基本に立って、これから学んでいきましょう」

文字が漢字だから、案外楽に憶えられるのではないか。そういう気持ちは確かにあった。

けれど、自分の名前すらまともに発音できなかったのである。甘い考えであったと、とっくに思い知らされていた。

「ところで、中国語には四声というものがあります」

理佳子がホワイトボードに「四声」と書く。

「中国語の読みではスーションですね。簡単に言えば、アクセントやイントネーションみたいなものですけど、中国語は一文字一文字に異なった四声があるんです。たとえば――」

さらに、「麻」「馬」「罵」「媽」の、四つの文字を書いた。

「この四つの文字、発音はマーです。意味は、いちばん上はそのまま麻や、辛いという意味もあります。麻婆豆腐のマーですね。二番目は字の通りに馬、三番目も罵るとか叱るという意味になります。四番目は見慣れない字だと思いますが、お母さんという意味です。一般的には媽媽《マーマ》、要はママですね。ただ、音はすべてマーですが、四声は異なります。ちょっと発音してみますね」

彼女は軽く咳払いをしてから、

「マー、マー、マー、マー」

と、四つの文字を声に出して読んだ。文字にすると同じであるが、なるほど、アクセントというか、すべて抑揚が異なる。

「このように、文字によって四声が異なりますので、その発音の仕方をしっかり学ばなくてはいけません」

ボードに書かれた四文字は、最初の三つは俊三も知っていたが、漢字の音読みに近いのは二文字のみである。自分の名前もそうだったが、文字の読み方を憶えるだけでも大変そうだ。さらに、抑揚の違いまであるとは。

本当に話せるようになるのかと、ますます不安が募る。すると、それを察したかのように、理佳子がニッコリとほほ笑んだ。

「だけど、あまり難しく考えないでくださいね。たとえば、日本語にも同音異義語ってあるじゃないですか。花と鼻とか、端と橋と箸とか」

それぞれの文字をホワイトボードに書いてから、若い女講師は生徒ふたりを振り返った。

「こうして文字にすれば一目瞭然ですけど、さっきも言った通り、話す言葉は目に見えませんよね。なのに、わたしたちが会話でちゃんと区別することができるのは、アクセントが異なるからです。四声というのも、要はそれと同じなんです」

なるほどと、俊三はうなずいた。

「あと、仮にアクセントを間違っても、意味を取り違えられることはほとんどありません。前後の文脈やそのときの話題からも、判断することができるからです。ハナが咲いたと言われて、顔の鼻を想像するひとはいませんからね。会話というのは文字や単語だけで成り立つのではなく、相手が話すこと全体を聞いた上で理解するものなんです」

日本語は音が限られているから、それこそ同音異義語だらけだ。漢字の熟語など、辞書を引けば同じ読みのものがずらりと並んでいることがよくある。それでも会話が成り立つのは、理佳子が述べた通り、話されることを単語で理解するわけではないからだ。

「ですから、四声を間違えたらさっぱり通じないんじゃないかなんてビクビクすることはありません。外国人が片言の日本語を話しても、わたしたちはちゃんと理解できますよね。それこそアクセントが滅茶苦茶でも。それと同じなんです。もちろん、きちんと発音できるに越したことはありませんけど、まずは耳で憶えて口に出すということを、しっかりやっていきましょう」

にこやかに述べられ、不安がいくらか解消される。やっぱり美人は教え方もうまいんだなと、俊三は感心した。

それから、理佳子はテキストを用いて簡体字――現在の中国で使われている簡略した漢字のことを説明した。続いて、挨拶や自己紹介、ありがとうやごめんなさいといった、日常でよく使われる言い回しを練習してから、初日のレッスンは終了した。

3

「ねえ、飲みに行きません？」

教室を出たところで、後ろから声をかけられる。振り返ると、同じコースで学ぶ四津木詩絵であった。ニコニコと、ひとなつっこい笑みを浮かべている。

「ああ、そうですね。是非」

俊三は誘いを快く受けた。半年間、一緒に中国語を学ぶのである。仲良くしたほうがいいだろうと考えたのだ。

スクールを出て、ふたりは近くの居酒屋に入った。案内された隅っこのテーブルで向かい合い、生ビールで乾杯する。

「それじゃ、ふたりの出会いを祝して」

詩絵がそう言ってジョッキを差し出す。俊三はどぎまぎしながら、自分のものをカチッとぶつけた。「出会い」という言葉が、妙に馴れ馴れしく感じられたからだ。

とは言え、嫌な気分ではない。対面したことで、彼女がチャーミングな女性だとわかったからだ。笑顔が可愛らしく、ほっこりと暖かな気持ちになる。

「雁谷さんはおいくつなんですか？」

訊ねられ、俊三が三十八歳だと答えると、

「じゃあ、わたしがふたつ下なんですね」

詩絵が屈託なく言う。それで三十六歳だとわかった。

(けっこう若々しいな)

肌が綺麗なのに加え、性格の明るさも年齢を感じさせない。澄んだ声が耳に快いためもあったろう。

そこに至ってようやく、俊三は彼女の左手の薬指に光るリングに気がついた。やはり人妻だったのだ。

落胆したのは、詩絵に惹かれかけていたからである。彼女のほうから飲みに誘ってくれたのであるし、もっと親しくなれるかもしれないという期待があった。一緒に中国語を学び、中国へもふたりで行けたらいいとまで考えたのに。

しかし、夫がいるのではどうしようもない。

（……まあ、こんな素敵な女性と、同じ教室で学べるだけでもラッキーだと思わなくちゃ）

考え直したところで、年下の人妻が興味津々という面持ちで身を乗り出す。

「そう言えば、中国に転勤するってお話でしたけど、何のお仕事をされているんですか？」

キラキラと輝く眼差しで見つめられ、俊三はうろたえた。ずっと女性に縁がなかったのだからしょうがない。

「え、ええと、玩具メーカーに勤めてまして——」

しどろもどろになりつつ、どんなものを作っているのかや、自身の仕事について説明する。求められるまま、商品のキャラクター名を挙げると、

「あ、それならわたし、ゲームセンターで取ったことがあります」

詩絵が嬉しそうに言った。

「たしかに、ああいうのってだいたい中国製ですものね」

「ええ。あっちで作ったほうが安くできますから。やっぱり人件費が違いますからね」

「で、安く作れれば、会社の利益もあがりますもんね」

悪戯っぽい笑顔を向けられ、俊三も思わず頬を緩めた。

「ええ、そのとおりです」

詩絵はさらに質問を重ね、俊三が独身であることや、普段の暮らしぶりまで聞きだした。それから、恋人の有無や、これまで付き合った女性のことも。

さすがにセックスに関わる露骨な話はなかったものの、ジョッキを二杯空けるまでのあいだに、かなりのことを打ち明けてしまった。嘘がつけない性格であるし、彼女の訊き方が巧みだったからである。

しかし、このまま一方的に探られるのはフェアじゃない。質問が途切れたのを見計らって、俊三も詩絵に訊ねた。

「四津木さんは、中国のひとたちとコミュニケーションを取りたいと言ってましたけど、旅行する予定でもあるんですか？」

すると、意外な答えが返される。

「いいえ。ないですよ。わたし、飛行機が嫌いですから、たぶん海外旅行なんて一生しないと思います」

「え、それじゃ、いったいどこでコミュニケーションを取るつもりなんですか？」

「わたしは、日本に来ている中国人と仲良くしたいんです」

なるほど、たしかに多くのひとびとが中国から訪れている。旅行だけでなく、留学や仕事でも。日本人と結婚する者もいるだろう。

コンビニや飲食店、家電量販店でも中国人が多く働いているのを見る。そういうひとたちと交流を持ちたいのだなと、俊三は考えた。

（だけど、日本に来るっていうことは、向こうもある程度日本語ができるわけだし、何もこっちが中国語を話す必要はないと思うんだけど）

それとも、正しい日本語を教えてあげたいのか。あるいはパートの勤め先とかに、中国人がいるのかもしれない。

そんな予想は、しかしすべてはずれていた。

「まあ、中国人とはいっても、若い男の子限定なんですけど」

艶っぽい笑みを浮かべられ、俊三はドキッとした。

「え、男の子？」

「要は、後腐れなく遊びたいんです」

遊ぶというのが言葉どおりの意味ではないことぐらい、俊三も容易に察した。彼女も思わせぶりに頬を緩めているから、要はオトナの付き合いをしたいということだ。

(じゃあ、中国人の男と浮気するために、中国語を習うってことなのか？)

まさかそんなことのためにと、さすがにあきれてしまう。けれど、詩絵は悪びれることなく理由を述べた。

「中国人の男の子って、とっても真面目なんですよ。全員がとは言いませんけど、特に勉強するために来日してる子は、だいたいそうですね。努力家だし、チャラチャラしている日本の学生は見習うべきだと思います」

「はあ……そうなんですか」

「それで、真面目だから女の子とも遊ばないし、とっても純情なんですよ。童貞の子も多いし」

統計的にどこまで信用できるのかわからない。だが、少なくとも彼女が見聞きしている範囲では、そういうことになっているらしい。

「だから、そういう子たちに、女のことをあれこれ教えてあげたいんです」

教えてあげるなんて聞こえはいいけど、いかにも恩着せがましい。単に純情な中国人青年の童貞を奪いたいだけなのだ。

異国の地で、言葉の通じるひとに出会えば安心するし、心を許すだろう。詩絵はそれを狙っているのではないか。まして、相手が魅力的な人妻で、優しく手ほどきをしてくれるというのなら、真面目な童貞青年も簡単に落ちるに違いない。

「そのために中国語を習うんですか？」

「ええ。コミュニケーションに言葉は大切でしょ？　まして教えてあげるためには、イロイロ知っておかなくちゃいけないですし。それに、こちらが中国語を話せば、男の子たちも親しみを感じてくれるはずですから」

やはり懐柔するための手立てとして、先方の言語を習得するつもりなのだ。

「もう三人ぐらい仲良くなった子はいるんですけど、言葉がちゃんと通じれば、もっとたくさんの子と交流できると思うんですよ。向こうは日本語で話そうとしてくれますけど、こちらも中国語が理解できれば、細かなニュアンスも通じるでしょ。そうすれば、もっとあれこれ愉しめるじゃないですか」

などと言われても、同意することがためらわれる。だいたい、何をどんなふうに愉しむというのか。

社交的な女性だというのはわかっていたが、まさか下半身も社交的だったとは。いや、いっそ性交的か。

「そんなことして、旦那さんにバレたら大変なんじゃないですか？」

つい厭味っぽい口調で訊ねてしまい、（しまった）と後悔する。気を悪くしたのではないかと思ったのだ。

ところが、彼女は平然としていた。

「バレるわけないです。だって、ウチのダンナは仕事ばかりで、わたしのことなんてほったらかしなんですもの。出張も多くて、ダンナも案外、どこかで浮気してるのかもしれないわ」

だからこうして、ためらいもなく男を飲みに誘えるのか。やれやれと思ったとき、詩絵がやけになまめかしい眼差しで見つめてきた。

「雁谷さんも、そういう目的意識を持てば、中国語が早く身につくんじゃないかしら」

童貞を食うなんて行為に、目的意識という言葉はそぐわない気がするのだが。

とは言え、下心が何かを取得するための動機や意欲に繋がるのは事実である。

俊三にも経験があった。高校や大学の受験を頑張れたのも、いいところに入って女の子にモテたいという気持ちがあったからだ。

（じゃあ、中国に行って可愛い女の子と付き合いたいと思っていれば、中国語が早く身につくかも）

もっとも、異国でヘタなことをしたら、取り返しがつかないことになりかねない。ヤバい女性に手を出すとか、美人局《つつもたせ》に遭うとか。良くても、あれこれ奢《おご》らされて終わるぐらいで、カモにされるのがオチだろう。

などと、不吉なことばかり考えてしまうのは、小心者の証しである。詩絵のように割り切ることは不可能だ。

まあ、ひとそれぞれなんだなと、取り繕った結論に到達する。それでもやるせなさを覚えつつ、通りかかった店員に三杯目のジョッキを注文すると、人妻が小首をかしげた。

「お酒、けっこう強いんですね」

「え？　ああ、いや、そんなことないですけど」

露骨な話を聞かされて、飲みたくなっただけなのだ。すると、彼女も店員にレモンサワーを注文した。それから、ジョッキに残っていたビールを一気に飲み干す。

「ふうー」

大きく息をついた詩絵が、不意に悲しげな面持ちを見せたものだから、俊三は戸惑った。

「……わたしだって、好きで浮気してるんじゃないんですよ」

「え?」

「ちゃんと愛されたいし、子供も欲しいけど、それが叶わないから若い男の子と遊んでるんです」

それが弁解に聞こえなかったのは、潤んだ瞳に真摯な光が宿っていたからだ。

(そうか……四津木さんも寂しいんだな)

明るく社交的に振る舞っていたのは、寂しさを隠すためだったのかもしれない。

会話が途切れ、ふたりとも黙りこくる。気まずさを覚えたとき、注文した飲み物が運ばれてきた。

「それじゃ——」

ジョッキを彼女に向けて掲げると、怪訝な表情をされる。乾杯をして場の空気を和まそうと思ったのだが、何に乾杯すればいいのか、すぐに言葉が出てこなかった。

（ええい、何でもいいや）

咄嗟に思いついたことを、俊三は口にした。

「四津木さんのナンパがうまくいきますように」

言ってから、さすがに露骨すぎたかと反省する。けれど、一瞬きょとんとした詩絵が、プッと吹き出したことで救われた。

「ありがとう。それじゃ、乾杯」

彼女もグラスを掲げ、カチンと合わせてくれる。おかげで、そのあとは打ち解け合い、飲みながら楽しく会話を続けることができた。

4

二時間後――。

俊三はベッドに腰掛け、所在なく室内を見回していた。

（本当にいいんだろうか……）

話がはずんでかなり飲んだから、頭が多少ぼんやりしている。それでも、自身の置かれた状況がわからなくなるほどには酔っていない。

いや、ちゃんと理解できているからこそ、罪悪感を覚えるのだ。

ここはラブホテルの一室である。居酒屋を出たあと、酔い覚ましに散歩をしていたらたまたま見かけ、俊三は無視して前を通り過ぎようとしたのに、詩絵に半ば強引に引っ張り込まれたのだ。

自分は彼女が求めていたような中国人の若者でも、童貞でもない。なのに、どうして誘われたのだろう。

(要は、相手かまわずセックスがしたいだけなんじゃないか？)

夫が抱いてくれないから欲求不満で、とりあえず男なら誰でもいいというところまで飢えているのではないか。

(待てよ。ひょっとしたら、中国人の男の子と遊ぶために中国語を習うっていうのも、嘘かもしれないぞ)

理由を聞かされたときも、本当なのかとすぐには信じられなかったのだ。もしかしたらあれは、そこまで男を必要としているとアピールするための虚言だった可能性がある。何しろ、あのあとに悲しげな表情を見せられて、俊三は詩絵にいたく同情したのだから。

だとすれば、最初からこうするつもりで飲みに誘い、あんな作り話を聞かせたということになる。

（つまり、最初からおれ目当てで？）

同じクラスに男がいたから、これ幸いと引っかけたのか。

そのとき、バスルームのドアが開く。湯気の立つに裸身にバスタオルを巻いて現れたのは、もちろん詩絵だ。

「お待たせ」

三十六歳という年齢を感じさせない、愛嬌のある笑顔。だが、丸い肩やむっちりした太腿は、熟女の色気をぷんぷんと匂わせている。

彼女が目の前まで真っ直ぐ進んできたものだから、俊三はうろたえた。自分のほうが年上なのに、少しも余裕がなかったのだ。童貞でこそなくとも、やはり経験値が不足していたからだろう。

「あ――お、おれもシャワーを」

慌てて立ちあがったものの、人妻に胸を押され、再びベッドに尻をつく。

「雁谷さんはいいのよ」

「え？　いや、だけど……」

「いいから、じっとしてて」

詩絵が前に跪《ひざまず》く。ベルトを弛《ゆる》められ、前を開かれた。

「じ、自分で脱げますから」

「わたしが脱がせてあげたいの。さ、おしり上げて」

命じられ、反射的に腰を浮かせてしまう。精神的にも、完全に主導権を握られていたようだ。

そして、中のブリーフごと、ズボンを脱がされてしまう。

（ああ、そんないきなり）

頬が熱く火照る。俊三は羞恥にまみれ、あらわになった股間をすぐさま両手で隠した。

「駄目よ。隠さないで」

下穿きを爪先から取り去った詩絵が、手を払いのける。膝も大きく離され、性器一帯が人妻の前に晒された。

（うう、見られた……）

居たたまれなくて、耳が燃えるようだ。

急な展開についていけず、その部分はおとなしくうな垂れたままだった。亀頭が半分近くも包皮に覆われている。みっともなくて泣きたくなった。

「ふふ、可愛い」

縮こまった牡器官をまじまじと観察し、詩絵が白い歯をこぼす。しなやかな指がのばされ、くびれの少し下が摘まれた。

「むうう」

くすぐったいような快さが生じ、俊三は呻いた。たまらず腰をブルッと震わせてしまう。

「わたし、こういうオチンチンが大好きなの。皮を剝いてあげられるから」

彼女は言葉どおりに包皮を押し下げ、くすんだピンク色の亀頭をあらわにした。

「ほら、剝けちゃった」

嬉しそうに口許をほころばせ、粘膜にフゥーと息を吹きかける。それにも背すじがゾクゾクし、海綿体が血液を集め出した。

「あ、大きくなってきたわ」

さらなる膨張を促すように、筒肉を摘まむ二本の指が上下に動く。ペニスと一緒に快感もふくれあがり、俊三は馬鹿みたいに「ああ、ああ」と声を上げた。

「敏感なのね。童貞の子たちも、こうしてあげるとすごく感じたのよ」

得意げに目を細めた詩絵が、くびれ部分を指先でこする。

「くううう」

鋭い快美が背すじを貫き、膝がカクカクと震えた。

「でも、あの子たちみたいに、白いカスはついていないわ。ちゃんと綺麗にしているのね」

恥垢のことを言っているのだと、すぐにわかった。童貞の皮かぶりペニスと同列に見られては心外である。まあ、こちらも仮性包茎気味ではあるが。

（当たり前だよ。いい大人なんだから）

内心で憤慨したものの、熟女の愛撫に為す術もない状況では、偉そうなことは言えない。分身も白旗を揚げ、ピンとそそり立った。

「すごい。もう勃っちゃった」

張りきった牡根を、詩絵は五本の指で包み込むように握った。うっとりする悦びにひたり、呼吸が荒くなる。

「あん、とても硬いわ。わたしよりも年上なのに、元気なのね。童貞の子のオチンチンみたい」

感心しているのか、それともあきれているのか。だが、女性に握られるのは久しぶりなのだ。ずっとオナニーばかりだったから、新鮮な感触に昂ぶっていたのである。

（最後にさわられたのって、いつだったっけ……たしか、酔ったあとで風俗に行ったときだから、もう五年近いのか？）

それだけ時間が空いたのだから、カチカチに勃起するのも当然だ。

と、詩絵が手にした屹立に顔を寄せる。くびれの段差部分に鼻先を近づけ、すんすんと嗅いだ。

「男の匂いだわ……白いのはないけど、これはいっしょなのね」

洗っていない陰部の臭気を暴かれ、また頬が火照る。だからシャワーを浴びたかったのにと悔やんでも、すでに遅かった。

（ていうか、童貞の子たちを相手にしてたのは、本当だったんだな）

三人ぐらいと仲良くなったと話していたが、全員とセックスしたのだろうか。

さらに多くの童貞をモノにするため、中国語を習うというのは本当かもしれない。

だとすれば、自分は単につまみ食いされるだけなのか。

「さっき、十年以上も彼女がいないって話してたけど、本当みたいね」

牡のシンボルを観察しながら、詩絵が言う。

「え、どうして？」

「だって、皮が黒くなって、余ってる感じだもの。童貞の子たちもそうだったし、セックスしてなくてオナニーばかりしてるからこうなったんでしょ?」

質問の口調ながら、すべてを悟ったふうな顔つき。そうに違いないと決めつけているようだ。けれど事実だったから、俊三は何も言えなかった。

「ねえ、脱いだら?」

詩絵がこちらを見あげて首をかしげる。

「え?」

「下を脱いでるのに、上だけ着てるなんてかえってみっともないわよ」

年下なのに、上から目線でものを言う。だが、この場を支配しているのは彼女なのだ。どうこう言える立場ではない。

俊三は操られるみたいに上着を脱ぎ、ネクタイをはずした。ワイシャツのボタンをはずしだしたところで、熟女の柔らかな手が肉棒をしごきだす。

「ううう」

募る悦びに抗いながらワイシャツを肩から外し、中のシャツも頭から抜いた。あとはソックスだけになったところで、赤く腫れた亀頭が温かく濡れたところに収められた。

「うああ、あ」

俊三は堪えようもなく声を上げた。詩絵が分身にしゃぶりついたのだ。

ちゅぱッ――。

舌鼓が打たれ、快感の火花が目の裏ではじける。さらに舌が這い回り、敏感な粘膜やくびれ部分をねちっこく責めてきた。

(嘘だろ、こんな……)

一日働いて、終業後は中国語のレッスンもしたのである。そのあとでかなり飲んだから、何度かトイレにも行ったし、股間はかなり蒸れていた。

そんなところに口をつけられるのは申し訳なく、やめてくれと身をよじりたくなる。それでいて、脳が蕩けるほどに気持ちよかったのも事実だ。

「ん……ンふ」

頭を上下に振り、熱心に吸茎する人妻。キュッとすぼまった唇で筒肉をしごかれ、戯れる舌もうっとりする悦楽をもたらす。

(たまらない――)

座っていることが困難になり、俊三はベッドに倒れ込んだ。だが、詩絵は強ばりから口をはずすことなく、一心にねぶり続ける。

愉悦がぐんぐんと高まり、手足がどうしようもなくわななく。鼠蹊部が甘く痺れ、早くも終末が目の前に迫ってきた。

(ああ、まずいよ)

こんなに早く果ててしまっては、それこそ童貞と変わりない。彼女の話は嘘で、実は経験がないのかと誤解される恐れがある。

しかし、女性との親密なふれあいが久しぶりということもあり、忍耐がうまく発動しない。それよりは快感を求める本能のほうが強く、ますます危うくなった。からだのあちこちがピクッ、ビクンと痙攣する。快美電流のしわざだ。脳内もピンク色に染まり、もはや爆発は時間の問題。

(ええい、どうにでもなれ)

ヤケになったところで、射精へのテンカウントが始まる。それがファイブまで数えられたところで、詩絵が牡の漲《みなぎ》りから口をはずした。

「ふう……」

満足げにひと息つき、淫蕩な眼差しを向けてくる。

「美味しかったわ、雁谷さんのオチンチン」

牡を高めることが目的ではなく、単に味わっていただけらしい。それも、洗っていない男性器を。

(本当にペニスが好きなんだな……)

童貞青年たちの恥垢にまみれたそこも、嬉々としてしゃぶるのだろう。彼らはおそらく、一分と持たずにほとばしらせるのではないか。

人妻の〝日中友好事業〟にあきれるやら感心するやらであったが、俊三が呼吸を整えるあいだに、彼女は最後に残っていたソックスも脱がしてしまった。それからすっと立ちあがり、素肌に巻いていたバスタオルを床に落とす。

(あ——)

俊三は反射的にからだを起こしかけた。

成熟したオールヌードはむちむちして、いかにも男好きのする感じ。たわわに実った乳房は重力に逆らえず、雫《しずく》のかたちになっている。先端の突起は淡いワイン色で、乳暈は小さめだ。

浅くくびれたウエストから続く艶腰は、いっそう脂がのったふう。色気をぷんぷんと匂い立たせる。

ふっくらと盛りあがった下腹の直下、湿った恥叢は卵型に整えられていた。

コクッ——。

俊三はナマ唾を飲んだ。魅力的な裸身は猥褻感も凄まじく、唾液に濡れた肉根がいく度もしゃくり上げる。鈴割れには、透明な雫が丸く溜まっていた。

「ねえ、わたしにお返しをしてもらえるかしら?」

小首をかしげて訊ねられる。けれど彼女が何を求めているのか、すぐにはわからなかった。

「え、お返し?」

きょとんとする俊三にはかまわず、詩絵がベッドにあがってくる。色めく微笑はそのままに、膝立ちで彼の胸を跨いだ。

しかも、丸まるとしたヒップを向けて。

「ああ……」

思わず感動の声が洩れる。巨大な桃を連想させる熟れ尻が、胸が震えるほどにエロチックだったのだ。

横にも後ろにも大きく張り出した双丘は、風船を横にふたつ並べたかたちだ。見るからにスベスベした肌はきめが細かく、丸みの下側が少しだけくすんでいるのが、熟女の艶気を感じさせる。

「わたしのおしり、好き?」

そんなことを訊ねるのは、バックスタイルに自信があるからに違いない。俊三は少しも間を置かず、「はい、好きです」と答えた。

するとご褒美だとでも言わんばかりに、ヒップが突き出される。

（うわ）

顔のすぐ前まで迫った人妻尻は、かなりの迫力だった。いまにも落っこちてきそうである。こんな巨尻で顔に座られたら、窒息するのではないかと恐れつつ、是非そうされたいという切望もこみ上げる。

そのとき、なまめかしい乳酪臭を嗅いで（え？）となる。

匂いの源泉はすぐにわかった。ぱっくりと割れた尻の谷の下側、セピア色の肌が裂け、色濃い花びらがはみ出しているところだ。

淫らこの上ない、爛熟の女芯。シャワーを浴びたあとのそこは霧を吹きかけたみたいにきらめき、花弁の狭間に透明な蜜を溜めていたのである。

（濡れてる……）

洗っていない牡器官をしゃぶり、生々しい味を堪能しながら、昂奮していたというのか。

恥割れの左右に、秘毛は見当たらない。もともと叢が薄いのかと思えば、剃り跡らしき小さなポツポツが見えた。

陰毛を処理しているのは、年齢を気にしてなのか。俊三はふと思った。ひと回り、あるいはそれよりも年下の男の子を相手にするのだから、だらしない女だと見られないよう、肉体を隅々までしっかり整えているのかも、と。

もっとも、ここまで魅力的な熟女に迫られたら、そんな細部を気にする童貞など皆無だろう。

「ね、オマ×コ舐めて」

卑猥な言葉を口にして、詩絵が豊臀を顔に乗せてくる。望みが叶い、俊三は狂喜乱舞の心地であった。

（ああ、四津木さんのおしり――）

どっしりして柔らかなお肉と、美肌のなめらかさが融合し、極上の感触を与えてくれる。口許に密着する陰部で呼吸困難に陥ったものの、少しも苦しくない。むしろ、もっと重みをかけてもらいたくなる。

「むふふふふぅー」

悦びの鼻息を吹き散らかし、湿った秘唇に舌を差し入れる。溢れた蜜汁をぢゅぢゅッとすすり、熱を帯びた粘膜を抉《えぐ》るように舐めた。

「あ、ああっ、いい。も、もっとぉ」

はしたなくよがり、貪欲に口淫愛撫を求める人妻。要望に応えて、俊三は舌の動きを激しくさせた。

「あっ、あふっ、くぅうう―ン」

子犬みたいに可愛らしい嬌声が、ラブホテルの一室に反響する。それでいて、顔の上でぷりぷりとはずむヒップは、熟女の熱情をあからさまにしていた。

そのとき、臀部がわずかに浮きあがる。視界が開けたことで、詩絵が上半身を前に倒したのだとわかった。

そして、屹立が再び握られるなり、亀頭がチュッと吸われる。

「ンふっ」

目のくらむ快美が背すじを駆け抜け、俊三は太い鼻息をこぼした。彼女が再びフェラチオをしてきたのだ。

ピチャピチャ……。

亀頭が飴玉みたいにしゃぶられる。くすぐったくも気持ちよく、腰が自然と浮きあがった。

対抗すべく、敏感な肉芽を探って舐める。

「ンふふふぅ」

人妻の鼻息が陰嚢に降りかかる。敏感なポイントを責められてかなり感じているのが、臀部の肌が細かく波打っているところからもわかった。

それでも彼女は漲りから口をはずさず、舌を縦横に躍らせる。

イクかイカせるか。男と女のせめぎ合い。だが、相手を悦ばせるべくクンニリングスに集中するあいだは、俊三は昇りつめずに済んだ。

一方、詩絵のほうは艶腰をビクビクとわななかせている。だいぶ性感が高まっている様子だ。

「ぷは――」

とうとう堪え切れなくなったらしく、漲り棒を吐き出す。牡の股間に顔を埋めて喘ぎ、一帯を温かく湿らせた。

「ああ、あ、感じるのぉ」

すすり泣き交じりに悦びを訴える。

クリトリスを吸いねぶりながら、俊三の視線は可憐な秘穴――アヌスに注がれていた。尻肉が歓喜の痙攣を示すたびに、なまめかしく収縮するのである。

（ここも舐めたら気持ちいいのかな？）

ふと思うなり、やってみたくなる。

シャワーを浴びたあとで、一帯はボディーソープの香りを漂わせていた。綺麗に整った放射状のシワは、セピアピンクの色素で染められている。そちらまでは手が届かなかったのか、短めの恥毛が数本萌えているのが、妙にいやらしい。

だからこそ、ちょっかいを出したくなったのだ。

秘核から舌をはずし、排泄口たるツボミへ移動させる。ペロリとひと舐めするなり、たわわな熟れ尻がビクンとはずんだ。

「え、そ、そこは――」

戸惑う声に耳を貸さず、尖らせた舌先でチロチロと舐めくすぐる。すると、尻割れがキュッキュッと閉じた。

「ああ、そ、そこも舐めてくれるの?」

歓迎する口調に、俊三は驚いた。

(え、おしりの穴が感じるのか)

なおも執拗に舌を動かし続けると、「ああ……あふぅ」と切なげなよがり声があがる。臀部の筋肉が強ばり、浅いへこみをこしらえた。

顎が温かくヌメったもので濡れる。秘肛から舌をはずして確認すれば、女芯が多量の蜜をこぼしていた。それも、白く濁ったものを。

（――すごい）

情欲の証しを目の当たりにして、胸の鼓動が高鳴る。そこは唾液混じりのなまめかしい淫臭を、熱気のごとく放っていた。

「……ね、オチンチン、オマ×コに挿《い》れてくれる？」

色めいた声にハッとする。

「か、雁谷さんがいけないのよ。おしりの穴なんか舐めるから」

なじる声も気怠げだ。けれど、詩絵はすぐに結合の体勢をとろうとはせず、手にした肉根を愛おしむようにしごいた。

「だけど、今日はちょっと危ない日だから、ゴムを着けてもらわなくちゃいけないの。それだと雁谷さんは面白くないだろうし、その前に、お口に出させてあげるわ」

屹立が再び温かな口内に含まれる。舌が回り、すぼめた唇が筒肉をこすった。

「あ、あっ、四津木さん」

俊三は焦り、声を震わせて呼びかけた。けれど、フェラチオが中断されることはなく、より激しく吸いたてられる。射精に導こうとしているのは明らかだ。

（本当に口に出させるつもりなのか？）

さっき、爆発寸前まで高められたのだ。舞い戻った歓喜が、性感を急角度で押しあげる。それに対抗できる強靭な忍耐など、持ち合わせてはいなかった。

「ああ、だ、駄目です。出ちゃいます」

差し迫っていることを訴えると、舌が敏感なくびれを狙って這い回る。蕩ける悦びが全身に満ちて、もはやどうすることもできない。

「四津木さん……あ、もう――」

豊臀にしがみつき、腰をガクガクとバウンドさせる。俊三は熱い滾《たぎ》りを勢いよくほとばしらせた。

5

ベッドにひっくり返ったまま、ぐったりして手をのばす。

（すごかった……）

射精時の爆発的な快感を反芻し、俊三は無意識に手足をピクッと震わせた。出るときに強く吸われたことで、魂まで抜かれるかと思ったのだ。

気怠さと疲労にまみれつつ、甘い気分にもひたる。すると、詩絵が真上から顔を覗き込んできた。

「いっぱい出たわよ。それも、すごく濃いのが」

淫蕩な笑みを浮かべて言われ、頬が熱くなる。そのとき、不意に気がついた。

(四津木さん、おれのを飲んだのか?)

吐き出した様子はなかったから、青くさい牡汁を喉に落としたのだ。彼女が言った通り、かなりの量があったはずなのに。

申し訳なさを覚えたとき、分身を摘ままれる。欲望を遂げたそこは、完全に縮こまっていた。

「可愛くなっちゃったわね……」

平常状態のイチモツを、最初は喜んでいたはずが、今は明らかに落胆している。

このままではセックスできないからだろう。

(もう無理かもしれないぞ)

俊三も、エレクトさせられる自信はなかった。若い頃ならいざ知らず、オナニーだってひと晩に何度も励むことはないのだから。

けれど、詩絵は諦めなかった。軟らかなペニスを口に含み、唾液を溜めた中で泳がせる。ピチャピチャと音が立つほどに、舌を戯れさせた。

「くううう」

射精後で過敏になっている亀頭粘膜を刺激され、くすぐったさの強い快感に身をよじる。腰の裏がゾワゾワし、海綿体が多少は充血したものの、勃起にはほど遠かった。

三分近くもしゃぶってから、人妻が口をはずす。唾液に濡れて赤みを帯びた秘茎は、もう降参と言いたげにうな垂れていた。

「んー、フェラだけじゃ無理みたいね」

詩絵がつぶやく。だが、口淫愛撫以上に、そこを元気にする方法があるとは思えなかった。

「ねえ、ちょっと膝を抱えてみて」

言われて、俊三は素直に従った。仰向けのまま両脚を掲げ、膝の裏に手を入れて尻を上向きにする。

そのポーズを取るなり、羞恥にまみれて耳が熱くなる。玉袋ばかりか、尻の穴までまる見えだと気づいたからだ。

（うう、恥ずかしい）

しかし、今さら脚を下げることもできない。

「ふふ、可愛いおしりの穴。毛が生えてるのね」

さらけ出された羞恥帯に顔を近づけ、詩絵が含み笑いで報告する。

(四津木さんだって生えてたのに)

屈辱を覚え、心の中で反発する。だが、彼女が何をしようとしているのかを悟り、瞬時に蒼くなった。

(まさか、肛門を舐めるつもりじゃ——)

自分もされたから、お返しをするつもりなのだとか。それには及ばないと告げようとしたとき、ぬるい息がふぅーっと吹きかけられた。

「うひひひひっ」

ゾクゾクッとして、奇声をあげてしまう。反射的にアヌスを引き絞った。

「まあ、あなたも敏感なのね」

同類だと思ったらしく、詩絵が嬉しそうに言う。続いて、その部分に接近するものの気配があった。

チロッ——。

濡れたものが尻の谷底を撫でる。間違いなく熟女の舌だ。

「くひッ」

何とも形容しがたい感覚が生じ、尻の穴をいく度もすぼめる。それを面白がるみたいに、舌が素早く動いた。

（ああ、そんなところを舐めるなんて……）

洗っていないペニスをしゃぶられるよりも、罪悪感が大きい。今朝、用を足したあとに洗浄器で洗ったから、あからさまな汚れは付着していないはずであるが、それでも嫌な匂いがまったくないなんてことはあるまい。

ところが、詩絵は少しもためらいを示さず、牡の肛穴をねぶり続ける。それも、尖らせた舌先で、中心をほじるようにして。

「う、うう……ああっ」

堪えようもなく声が出てしまう。くすぐったいのは確かでも、その中にある奇妙な疼《うず》きが、徐々に大きくなっているようなのだ。

（おれ、尻の穴を舐められて感じてるのか？）

認めたくなくても、認めざるを得ない。なぜなら、いつの間にか海綿体が血流を集め、七割がたまで膨張していたのだから。

このままあやしい快感に目覚め、オカマを掘られたがるようになるのではないか。いや、男色の道には進みたくない。

己の中に芽生える感覚と必死で戦っていると、アヌスの舌がはずされる。ずいぶん長く舐められた気がしたものの、実際はほんの二、三分ではなかったか。

そして、舌が離れた瞬間、胸の内に落胆の気持ちが生じたものだから、俊三は自分自身に驚いた。

(おれはどうなってしまうんだ?)

いよいよ危ない道にハマってしまうのかと泣きそうになったとき、今度は別のところにくちづけを受ける。牡の急所——陰嚢だ。そして、温かな舌がシワ袋をねっとりとねぶる。

「むううッ」

肛門を舐められたときとは異なる、鼠蹊部がムズムズする快さ。唾液の乾いていないすぼまりを引き絞り、俊三は呼吸を荒ぶらせた。

(なんて気持ちいいんだ……)

かつて関係のあった女たちから、急所を愛撫されたことはない。オナニーのときにも触れなかったから、そこが性感帯であることを三十八歳にして初めて知った。

ねろ……ねろり。

陰嚢に唾液が塗り込められる。さらに、中のタマがひとつずつ、口に含まれて吸いたてられた。

「あふ、くはッ、あうう」

快さで頭がぼんやりしてくる。俊三は尻をくねらせ、ひたすら喘ぐばかりだった。

いつの間にか完全勃起したペニスがカウパー腺液を滴らせ、下腹とのあいだに粘っこい糸を何本も繋げる。為す術もなく、まさに手玉に取られているも同然だ。いや、この場合は舌玉か。

シワのあいだにあった匂いも味も、すべてそぎ落とされたのではないか。そう思えるほど執拗に吸いねぶられてから、詩絵が嚢袋《のうたい》を解放する。

「ほら、大きくなったわ」

漲りきった牡器官を認め、艶っぽく頬を緩める。それから、ヘッドボードにあったコンドームを手に取ると、慣れた手つきで封を破いた。

(童貞の子たちにも、四津木さんが着けてやってるのかも)

初めてで慣れない若者に、甲斐甲斐しく避妊具をかぶせる場面が容易に想像できた。まあ、同じことをされる立場になっているのだから当然か。

ゴム製品を装着する前に、人妻は上向きにした肉根を頬張った。舌を絡みつかせて全体を濡らしてから、包皮をしっかりと押し下げる。

「むふぅ」

俊三は太い鼻息をこぼし、腰をブルッと震わせた。人妻の口と手が気持ちよかったのは確かだが、目の前に迫った行為への期待もあったろう。

亀頭にコンドームを載せると、詩絵はまごつくことなくくるくるとほどいた。ピンク色の薄ゴムで、苦もなく屹立を覆う。

やはり慣れている。これも童貞に手ほどきをした成果なのだ。さらに唾液を垂らして塗り広げ、ゴム製品全体を満遍なく潤滑した。

不思議なもので、剝き身よりもコンドームをかぶせたほうが、ペニスがより卑猥に映る。これからセックスすることを前提にした姿ゆえなのか。

（おれ、四津木さんとするんだ……）

そして、主導権はあくまでも彼女にあった。

「じゃ、挿れるわよ」

俊三を仰向けに寝かせたまま、詩絵が腰を跨いでくる。対面ではなく、もっちりした熟れ尻を向けて。おそらく、そのほうが感じるからだろう。

ピンとそそり立った肉茎が逆手で握られ、丸まるとした豊臀の真下へ誘われる。秘苑に接した尖端が、恥割れにヌルヌルとこすりつけられた。

「くうう」

俊三は呻いた。薄ゴム越しの刺激でも、たまらなく気持ちよかったのだ。それだけ昂ぶっていた証しでもある。

「あん、久しぶり……大人のオチンチン」

卑猥なつぶやきをこぼした詩絵が、上体をすっと下げた。

ぬるん——。

どちらもたっぷりと濡れていたおかげで、難なく結合が遂げられる。股間でヒップの重みを受け止めるなり、蜜壺に根元まで入り込んだ分身が、キュウッと締めつけられた。

（入った……）

成就感と快感が同時に高まる。十年以上の間隔を置いてのセックスに、全身を蕩かされる心地がした。

「す、すごいわ、雁谷さんのオチンチン。やっぱり若い子のとは違う感じ。すごく逞《たくま》しいわ」

女膣をキュッキュッとすぼめながら、熟女が感に堪えないふうに告げる。それは俊三のプライドを満足させた。ラブホテルに誘われたときには戸惑いが大きかったものの、今は誘ってくれたことを感謝したい気分だ。

「動くわよ」

詩絵がからだを軽く前に倒す。色気が満タンに詰まった人妻尻を、上下にぷりぷりと振り立てた。

「あううう」

媚肉で屹立を摩擦され、目のくらむ快美に俊三は呻いた。

（おれ、セックスしてるんだ……四津木さんと）

悦びと実感が同時に高まる。それは彼女も同じだったろう。

「あ、あ、あ、あン。感じる」

愛らしい艶声が室内にこだました。

はずむヒップが下腹にぶつかり、パツパツと湿った音が立つ。逆ハート型の切れ込みに見え隠れする肉根は、程なく白い濁りをゴムの表面にまとわりつかせた。

（うう、いやらしい）

視覚刺激も快さを高めてくれる。

コンドームを着けていても、快感が殺《そ》がれる感じは全くなかった。女芯の締めつけが著しかったおかげだろう。特に入り口部分がキツく、こすられる肉胴が切ない歓喜にまみれた。

（うう、よすぎる……）

避妊は万全だから安心して射精できるものの、男としてはそう簡単に果てるわけにはいかない。こちらは口内発射までしているのだから、やはり彼女を頂上に導かねばならないだろう。

俊三は歯を喰い縛って上昇を堪えると、詩絵が艶尻を上げ下げするのに合わせて、自身も腰を突きあげた。

「きゃふッ」

甲高い声がほとばしり、臀部の筋肉が強ばる。膣奥にまで入り込んだ亀頭が、ねっとりした熱さを感じた。

（気持ちいい――）

ベッドのスプリングを利用して、なおも腰をはずませる。真下から貫かれ、熟女の嬌声がいっそう派手になった。

「あ、あ、あふン、い、いい……あああん、奥が感じるのぉ」

背中を向けているため、彼女がどんな表情なのかは定かでない。しかし、きっといやらしく蕩けた顔をしているに違いなかった。

(経験のない男を相手にしてるのなら、いつも早く終わるんだろう)

ならば、少しでも長持ちさせれば感じまくるはず。

童貞どもに負けてなるかと発憤し、女体を一心に責め続ける。グチュグチュと卑猥な粘つきがこぼれるほどに抉っても、締めつけは少しも緩まなかった。童貞たちを翻弄するために、普段から下半身を鍛えているのではないか。

そして、予想通りにピストンを持続させることで、詩絵は乱れだした。

「ああ、あ、すごい……ど、どうしてそんなに元気なのぉ?」

やはり彼女が相手をした中国人の若者たちは、早々に昇りつめていたようだ。

まあ、これだけ締めつけられれば当然だ。

思った通りの展開で、俊三に余裕が生まれる。淫らな人妻は己が手中にあるとまで考え、いっそう激しく腰を上げ下げした。

「あああ、だ、ダメ……い、イッちゃうのぉおおッ」

絶頂を予告するなり、熟れたボディがガクガクと揺れる。否応なく歓喜の極みへと舞いあがり、背すじをピンとのばした。

「い――イクイクイク、イッくぅうううーッ！」

アクメ声を張りあげたのち、詩絵は力尽きたように脇へ崩れ落ちた。ペニスが膣からはずれ、行き場を失って脈打つ。

（これで終わりじゃないぞ）

俊三は身を起こすと、横臥して喘ぐ人妻のヒップに挑みかかった。反り返る分身を前に傾け、再び濡れた蜜窟へと挿入する。

「ンうぅ」

彼女はうるさそうに唸ったものの、抵抗しなかった。それをいいことに、ストロークの長いピストン運動を繰り出す。

「ん……んぅ、あ――」

一度達したはずのボディが、また歓喜に染まりだす。波打ちが徐々に大きくなり、しっとりと汗ばんだ肌が甘酸っぱい匂いをたち昇らせた。

「あ、ああッ、いい……ま、またイキそう」

くの字に折った裸身を、詩絵がはしたなくくねらせる。咥え込んだ牡の猛りをキュウキュウと圧迫し、俊三に悦びをもたらした。

（うう、さっきよりも締まってる）

体位のせいもあるのだろうか。彼女は横たわってヒップを突き出した姿勢だから、膣圧をかけやすいのかもしれない。

さらなる快感を求めて分身を抜き差しすると、

「うあ、だ、ダメ、イク――」

熟れた女体が昇りつめる。反応こそは一度目よりおとなしかったものの、より深いところで感じているふうだ。

だが、俊三はまだである。休みなく抽送を続けていると、詩絵が身をよじってすすり泣いた。

「も、もぉダメよぉ。に、二回もイッたのにぃ」

切なげによがったものの、募る愉悦からは逃れられない様子。とめどなく溢れるラブジュースが、内腿までべっとりと濡らした。

セックスの淫靡な匂いが、いつの間にか室内に充満している。ここに入ったときから、壁やカーペットに染み付いた牡と牝のケモノくささを嗅いでいたのだが、そこに自分たちの痕跡も加わるのだ。

興に乗って腰を振れば、下腹と臀部の衝突が小気味よいリズムを刻む。

（ああ、すごくいい）

俊三のほうも、いよいよ危うくなってきた。

「ううう、ま、またよ。あふぅ、す、すごいの来るぅ」

熟女が猥声を張りあげる。

「よ、四津木さん、おれもいきそうです」

声を震わせて告げると、詩絵は歓迎するように何度もうなずいた。

「い、いいわ。ああ、な、中にいっぱい出してぇっ」

コンドームのことを忘れたか、あられもないことを口走る。それが射精の引き金になった。下半身が甘美にまみれ、目の奥が絞られる心地がする。

「ううう、で、出る——」

めくるめく快感に巻かれて熱情を解放する。

ほとばしったエキスは、ゴム製品の精液袋に阻まれた。けれど、そんなことは少しも気にならない。貪欲に悦びを求め、オルガスムスの痙攣を示す秘茎を抜き挿しし続ける。

「あ、あひッ、い——くぅううううっ！」

詩絵も喜悦の声を上げ、三度目の絶頂を迎えた。汗ばんだ裸身をヒクヒクとわななかせ、「う、ううッ」と呻きをこぼす。間もなく、がっくりと脱力した。

「ふう……」

俊三は大きく息をついた。

精も根も尽きたというふうに横腹を上下させる女体から、萎えつつあるペニスを引き抜く。激しい行為のあとで、薄ゴムはすっかりくたびれていた。

それを分身からはずして確認すると、白濁液は精液溜まりに収まりきらないほどの量があった。

(二回目なのに、こんなに出たのか?)

我ながら驚く。それだけ気持ちよかったのだと、改めて思い知らされた。

女芯に目を向ければ、抜けた陰毛が数本、内股の濡れたところにへばりついていた。腫れぼったくふくらんだ花弁をはみ出させた恥割れが、やけにいやらしい。と、そこから白い粘液がドロリと滴る。

(え!?)

ひょっとしてコンドームが破れていたのかと焦る。しかし、そうではなかった。かき回された膣内で泡立った、牝の本気汁だったのである。

第二章　美人先生の匂い

1

スクールの中国語レッスンは、週に三回ある。なるべく回数の多いコースを選んだのだ。そのぶん月謝は高いものの、会社から補助が出るからかまわない。

もっとも、習う機会が多いからといって、上達が早いとは限らなかった。何より、大切なのはレッスンに臨む心構えや、中国語を学ぼうという意欲なのであるが。

「雁谷さん、ちょっといいですか」

受講を開始した最初の週、三回目のレッスンのあとで、担当講師の理佳子から声をかけられる。

「は、はい。何でしょうか」

彼女がひと回り近く年下にもかかわらず、俊三は直立不動でしゃちほこ張った。若くても先生ということで、緊張してしまうのだ。

詩絵が先に教室を出るのを目で追ってから、理佳子が首をかしげる。

「レッスンが始まってまだ一週間ですので、あまり決めつけるようなことは言いたくないんですけど、正直、雁谷さんはレッスンに取り組む意欲が充分ではないように感じられるんです」

眉をひそめて言われ、ますます恐縮する。自分でもそうだろうなと思うところがあったから、尚さらに。

「はあ……すみません」

素直に頭を下げると、美人講師の表情がいっそう険しくなった。

「いえ、わたしに謝られても困るんです。だって、雁谷さん自身の問題なんですから。半年後には中国へ行かれるんですよね？　言葉が通じなくて苦労されるのは、雁谷さんなんですよ。もっと危機感を持たれたほうがいいと思うんですがどうでしょう」

まったくもってその通り。ぐうの音も出ない。

「まあ、だからって、あまり堅くなられても困るんですけど。外国語を学ぶためには、その外国語を好きになっていただくことが大切なんですから。できれば四津木さんのように、レッスンを楽しんでいただきたいんです」

詩絵の名前を出され、俊三はドキッとした。

「四津木さんは質問も活発にされますし、発音も大きな声でされるじゃないですか。ああいう積極的な姿勢が、外国語の習得には大切なんです」

若い男とセックスできるのなら、意欲が湧いて当然だ。思ったものの、もちろん口には出せない。

(そりゃ、四津木さんはいいだろうけど……)

肉体関係を持った人妻に対して、俊三は親しみを持てなかった。むしろ釈然としないものがあるのは、一度きりの関係で終わっていたからだ。

いや、あれからほんの数日しか経っていないのである。また誘われる可能性はゼロではない。

ただ、彼女の態度から見て、限りなくゼロに近いと感じられるのだ。

前回も、それから今日も、詩絵は教室で顔を合わせると、にこやかな挨拶をしてくれた。けれど、それだけ。

情欲にまみれたひとときを想起させるような素振りは、まったく見せない。同じクラスで学ぶだけの間柄で、それ以上のものはないと釘を刺されているかのよう。俊三のほうは、また誘われることを密かに期待していたのに。

もっとも、まだあのときの記憶が生々しく残っている。すぐに次を求めるのは、性急すぎるのかもしれない。

だが、こちらには、熟れた女体を悦ばせた自負がある。若い童貞よりも大人の男がいいと、考えを改めてくれることを密かに期待していた。

ところが、中国語学習に意欲満々で臨む詩絵を見ると、ターゲットが変わっていないことがわかる。レッスン前にスマートフォンの画面を眺め、艶っぽい笑みをこぼしていたから、すでにめぼしい相手を見つけて楽しんでいるのかもしれない。

（つまり、若い中国人に不自由してないから、おれなんかお呼びじゃないってことなんだな……）

結局、自分はひとときの快楽を得るために、利用されただけなのだ。そんな荒んだ気持ちもあって、レッスンに気が乗らない部分もあった。意に沿わない異動を命じられた挙げ句、どうしてここまでしなくちゃいけないのかと、中国語に反感すら抱いていたのである。

とはいえ、先生相手にそんなことは言えない。

「はい……頑張ります」

殊勝に答えたものの、本心からの言葉ではない。それを理佳子は簡単に見抜いたようだ。

「頑張るだけじゃ駄目なんです。もっと中国語に親しみを持ってもらわないと」

「親しみ……ですか?」

「ええ。あと、普段の生活の中でも、中国語に触れてみてください」

「だけど、具体的にどんなことをすればいいんですか?」

「たとえば、中国の映画を観るとか。あ、香港映画は広東語ですので、学んでいる中国語——北京語とは違いますから、注意しなくちゃいけませんけど」

アドバイスをされ、俊三は納得してうなずいた。

(なるほど、映画か)

映画を観るだけで言葉が習得できるとは思わないが、少なくとも耳を慣らすことで、今後の学びが楽になるのではないか。

「わかりました。やってみます」

「ええ。楽しんで学ぶことを心がけてくださいね」

理佳子が笑顔を見せてくれる。俊三もつられて頬を緩ませた。ようやく道が開けた気がした。

（あ、しまった。どんな映画がお勧めか、訊けばよかった）

そのことに思い至ったのは、自宅近くのレンタルビデオ屋に入り、中国の映画を探しているときであった。

何しろ、絶対的に数が少ない。内容も歴史物とか戦記物とか、時代が古そうなホームドラマぐらいで、さっぱり食指が動かない。

有名な俳優でも出ていれば、多少は観る気になっただろう。しかし、あいにく誰ひとり知らないのだ。これが香港映画なら、アクションやコメディなど、面白そうなものがあるのだけれど。

（北京語と広東語は違うって、深見先生が言ってたものな。だけど、どのぐらい違うんだろう？）

日本語の方言程度の差なのだろうか。たとえば東京弁と関西弁ぐらいに異なっているとか。

というより、そんなこともわからないで中国語を学ぼうというのが、そもそも間違っているのかもしれない。

また落ち込みそうになり、俊三はレンタルビデオ店を出た。コンビニに寄って弁当と缶ビール、それから雑誌を買って、六畳1Kの安アパートに帰る。

座布団代わりの万年床に尻を据え、ビールをちびちび飲みながら弁当を食べる。いい年をして、なんてわびしい生活を送っているのかと、今さらのように虚しさを覚えるのは、詩絵とセックスをした影響もあったろう。あの甘美なひとときと、今の有り様の落差が大きすぎるのだ。

(四津木さんは、今ごろ若い男と愉しんでるんだろうか……)

男好きのする、人妻のむちむちボディを脳裏に蘇らせ、悶々とする。彼女は不倫を満喫しているというのに、コツコツと真面目に生きてきた自分が、こんな惨めな思いをするなんて。挙げ句、祖国から追い出され、異国に行かされるのである。

被害者意識も甚だしいことを考え、ため息をつく。だいたい、本当に真面目に生きてきたのなら、面倒なことから逃げることもなく、今ごろ家族を持って充実した日々を送っているはず。そうすれば、中国へ異動させられることもなかったのだ。

やるせなさに苛まれ、気を紛らわせるために買ってきた週刊誌を開く。表紙には煽情的な文句が躍っていたが、中を読めば大したことはないというのは、この手の三流誌にありがちなことだ。

それでも暇つぶしにはいいから、パラパラと記事を拾い読みしていると、インタビューのページがあった。ゲストは、先ごろ有名な文学賞を受賞した作家である。

三流誌にしてはお堅い人選だなと思ったものの、読み進めて納得する。受賞作品に関する言及は一切なく、作家本人の生い立ち、それも性的な話題に徹した内容だったのだ。

所詮はこんなものかと納得しつつ、けれど興味深い箇所もあった。もともと読書など好きではなかったその作家が、本を読むようになったきっかけが、官能小説だったというのである。

セックスへの興味がふくらむ中学時代に、親戚の家で見つけた官能ものの文庫本にはまり、それから書店で買い求めては読みあさったというのだ。他の一般小説や、所謂《いわゆる》文学作品も読むようになったのは、官能小説のおかげで本の面白さに目覚めたからだという。

《やっぱり、エロはすべてのパワーの源なんですよ（笑）》

作家の言葉を目にして、俊三はなるほどとうなずいた。

詩絵が中国語会話に意欲的なのは、中国人の童貞青年を喰いたいがためだ。まさにエロが活力の源になっている。

（じゃあ、おれも開き直ってエロいことを目的にすれば、もっとやる気になれるかもしれないぞ）

かといって、中国人女性とお付き合いしようとは思わない。日本人でもうまく相手ができないのに、言葉も文化も違う異性など持て余すばかりだ。

だったら、この作家のように、中国語の官能小説を読んで学ぶとか。しかし、そもそも言葉が理解できないのに、読めるわけがない。

（待てよ。映像なら――）

さっきは普通の映画を探そうとして、断念したのである。しかし、ポルノやアダルトビデオならどうだろう。それこそ堅苦しくない、「日常的な」やりとりが学べるはずだ。

しかし、そんなもの、どこで手に入るのか。というより、そもそも中国にポルノやＡＶが存在するのかすらわからない。何しろ共産主義のお堅い国なのだから。

そこまで考えて、不意に閃く。

（あ、そうか。ネットなら――）

俊三は部屋の隅にあるパソコンの電源を入れた。

会社の仕事を持ち帰ることはまずないから、それはあくまでも娯楽用に買い求めたものだ。ネットで情報を探すとか、ＤＶＤの視聴にも使う。

そして、どちらもエロメディアが中心であった。要はオナニー用マシンである。

俊三がブラウザで開いたのは、海外のアダルト動画投稿サイトであった。アップロードされる数は決して多くないが、画質が綺麗だからよく利用している。気に入ったものを保存することも簡単にできたのだ。

そこにあるものの多くは、外人女性のポルノムービーである。しかし、俊三が視聴するのは、もっぱら日本のものだった。一般的なアダルトビデオの他、海外サイトで配信される無修正ものも観られたのだ。他に、アマチュアのプライベート作品も投稿されていた。

ここになら、中国物もあるのではないか。検索窓に「ｃｈｉｎｅｓｅ」と打ち込んでみると、果たして動画のサムネイルがずらりと表示される。多くはアマチュアの投稿作品のようだ。

(やっぱりポルノやＡＶは御法度なのかな)

サムネイルには再生時間も表示されている。すぐに終わるようなものでは物足りないし、中国語の勉強にもならないだろう。また、なるべく画質のいいものをと、動画を条件で絞り込む。

(あれ?)

ムービーの一場面を切り取ったサムネイルに、共通するものがかなりあることに俊三は気がついた。それは、女性の足を嗅ぐという構図のものだ。

俊三はサムネイルにマウスポインタを重ねてみた。そうすると、ムービーのいくつかの場面が静止画で次々と表示され、内容を知ることができるのである。

それらのものは、なんと最初から最後まで、足の匂いを嗅ぐという行為のみが続いたのだ。

(何だこれは?)

俊三は唖然となった。

嗅がれるのは若い女性のようで、嗅ぐほうは男だったり女だったりと様々である。静止画で確認する限りでは、無理やり嗅がされる構図の他、自ら望んで足に顔を押しつけているらしきものもあった。

嗅がれるほうは、ソックス履きもいれば素足もいる。ただ、服を脱ぐこともなければ、下着を見せるわけでもない。つまり、足を嗅ぐ、嗅がれるという行為のみに、エロチックな要素があることになる。

絞り込みの条件に、足フェチや匂いフェチなど付加しなかった。実際、それ以外は普通のハメ撮りや、自撮りのオナニーといったオーソドックスなものだったのだ。

ところが、実に半分近くが、足を嗅ぐ内容のものであった。

中のひとつを、俊三は試しに再生してみた。いかにも中国という雰囲気の部屋で、若い女性がベッドで横になっている。ポロシャツにジーンズという、普段着っぽい格好で。特に美人というわけではなく、どこにでもいそうな容貌だ。

ベッド周辺やカバーの乱雑な感じからして、スタジオではなさそうである。固定カメラだし、どうやら素人の作品らしい。

ベッドの足側のほうから、男がフレームインする。なぜか上半身裸だ。目出し帽を鼻のところまですっぽりかぶっているから、年齢は定かではない。ただ、からだつきからして、そう若くはなさそうである。

男が女性の足を両手で捧げ持つ。ソックスを履いたそれに鼻を押しつけ、うっとりしたふうに嗅ぎだした。

女性のほうは笑みを浮かべている。くすぐったがっているふうながら、恥ずかしがる様子はない。羞恥にまみれる女性にエロスを感じることが目的ではないようだ。

あとはとにかく、男が足を嗅ぎ続けるのみ。愛しげに頬ずりもするものの、それはあくまでも付随的な行為だ。

ふたりは言葉も交わすけれど、なんと言っているのかわからない。中国語がわからない以前に、マイクが遠いためか声が小さく、よく聞き取れないのだ。

途中、男がソックスを脱がし、素足を嗅ぐ。最後のほうで指もしゃぶりだしたが、間もなく画面がフェードアウトし、ムービーは終了した。

（……何だったんだ、今の？）

黒くなった再生ウインドウを見つめ、俊三は啞然となった。

結局、三十分近くも足の匂いを嗅いでいただけだった。女性が脱いだのはソックスのみ。アダルトサイトなのに、いったい誰がこんなものを観て昂奮するというのか。

試しに、もう一本再生してみる。今度はボンデージっぽい、露出の多い服装の女性が登場した。ガーターで吊られたストッキングを履いた脚は、すらりとして長い。そして、かなりの美人である。

これは期待できそうかもと、俊三はナマ唾を呑んだ。

次に登場したのは、白いワンピースをまとった清楚な感じの女性だ。椅子に腰掛けたボンデージに命じられたらしく、足元に跪く。そして、ストッキングの足を手に取ると、甲の部分に鼻を寄せて嗅ぎだした。

女性同士、しかもタイプが異なるふたりの戯れは、なかなか淫靡な感じである。だが、やっていることは足の匂いを嗅ぐという行為のみ。もどかしくてしょうがない。

ボンデージ女性はミニスカートだから、パンチラぐらいは拝めるかもと期待したのである。ところが、彼女に撮るなと命じられているのか、カメラは股間が映らないように動いていた。

そのため、もどかしさばかりが募る。

後半、床に寝転がったワンピースの女性の顔を、ボンデージが踏みつけるというSMっぽい展開になった。爪先や足の裏をしゃぶらせるなど、その手の嗜好がある者なら愉しめたのではないか。

しかし、あいにく俊三はノーマルな人間だったので、踏みつけられる女性に憐憫を覚えただけで終わった。もちろん、ペニスはピクリとも反応しない。

それ以上、同種のムービーを確認する気にもなれず、ふうとため息をつく。

(これはいったいどういうことなんだろう……)

俊三は腕組みをして考え込んだ。

世の中にはいろいろなひとがいる。セックスに関する趣味も様々だし、フェチを自称する者も少なくない。

匂いに関して言えば、詩絵も洗っていないペニスを嬉しそうに嗅いでいた。一般に不快な臭気と捉えられるものでも、好ましく感じる人間はいるということだ。そう考えれば、足の匂いを嗅ぐことに徹したムービーがあっても不思議ではない。

ただ、問題はその比率である。

そのサイトは、特にフェティシズムに特化したものではない。また、試しに主な国で検索してみたところ、足の匂いを嗅ぐムービーなど見当たらなかった。

(つまり、中国人は足の匂いを嗅ぐ行為に昂奮するのか?)

エロサイトだから、それを観てオナニーする者もいるはず。だが、どこが昂奮するポイントなのか、俊三にはわからなかった。

（まあ、ここのサイトだけ、足の匂い好きな中国人が多いのかもしれないしな）

ムービーの絶対数が多くないから、好事家が集まってアップロードすれば、特定のものの割合が多くなるだろう。他の動画サイトで検索しても、同じ結果になるとは限らない。

しかしながら、どうも気になる。

（お国柄ポルノ動画が許されないから、裸になる必要のないフェチっぽいもので満足しようとしたのかも）

それにしたところで、どうして嗅ぐのが足だけなのか。腋とか股間とか、他にいくらでもあるだろうに。

俊三はネットで調べてみた。ポータルサイトで「中国人　足」と打ち込むと、興味深い記事がいくつか見つかる。

その中のひとつが、中国では纏足《てんそく》——幼い頃から足を固く縛って成長させず、小さくハイヒールのようなかたちにするもの——という習慣があったように、もともと足にこだわる民族であったというものだ。締めつけっぱなしで蒸れた足の匂いを嗅いで愉しんだなんて記述もあったから、もともと足フェチの傾向があったのか。

しかし、そんな嗜好が現代にも残っているとは考えにくい。

また、それとは逆に、中国人はとにかく足を頻繁に洗うという記事もあった。洗面所でも洗うため、エチケット違反だと非難されることも多いらしい。これは匂いを愉しむどころか、むしろ気にしていることになる。

（足フェチなのか……それとも違うのか。それが問題だ）

トゥー・フェチ、オア・ノット・トゥー・フェチなどと、出鱈目な英語で悩む。

これにはシェークスピアも、草葉の陰で落胆するに違いない。

その晩、俊三は中国人と足というテーマで、あれこれ考え続けた。

2

翌週の最初のレッスンでは、からだの部位の名称を教わった。

「中国語では、日本語と漢字の使い方が異なる単語が多くあります。たとえば脚部ですけど、くるぶしから下の『足』は、中国語ではジャオ、漢字だと『脚』になります。そして、くるぶしから上はトゥイ、漢字は『腿』です」

ホワイトボードに文字を書きながら、理佳子が説明する。今日の彼女は白のブラウスに黒のタイトミニと、初めて目にしたときと同じ服装だ。

ただ、すらりとした美脚を包むのは、ベージュではなく黒のパンストだった。色が濃くなる切り替え部分が見えるほどに、スカートが短い。

だからと言うわけでもなかったが、俊三は美人講師の下半身に目を奪われた。むっちりした太腿から、足元の黒いパンプスまで、舐めるように見る。

(素敵な脚だな……)

美人でスタイルがよく、しかも聡明な女性。天が二物も三物も与えている。美脚ですら、彼女をかたち作るひとつの要素に過ぎない。

(そういえば、やっぱり中国人って足フェチが多いのかな?)

先週抱いた疑問が頭をもたげる。もちろん結論など出るわけがなく、うやむやなまま終わったのだ。

実際のところどうなんだろうと、ぼんやり考えながら美人講師のパンスト脚に見とれていると、

「雁谷さん、何か質問はありますか?」

いきなり理佳子に問いかけられる。

「ええと、中国には足フェチのひとが──」

「え？」

「あ、ああ、いや、何でもありません」

思っていたことを意識せず口にしてしまい、慌てて取り繕う。幸いにも、彼女はわずかに眉をひそめただけで、それ以上訊ねたりはしなかった。

あとは滞りなく進み、その日のレッスンは無事に終わる。

「雁谷さん、ちょっといいかしら？」

帰ろうとしたところを、俊三は理佳子に呼び止められた。

「あ、はい。何か？」

「今後のことでお話ししたいことがあるんですけど、お時間をいただいてもよろしいですか？」

「ああ、はい。かまいませんけど」

「では、別室にお願いします」

彼女は終始穏やかな口調だった。このあいだのように注意されるのではないなと、俊三は安心していたのである。

案内されたのは、ドアに【個人レッスン室】と表示された部屋であった。入ってみれば、狭い部屋にはスチールデスクを真ん中にパイプ椅子がふたつと、一対一でのレッスンができるようになっている。ドアも頑丈なものだったから、防音になっているらしい。

ただ、余分なスペースがほとんどない上に、窓もない密室だ。仮に理佳子からマンツーマンで教えられるなんて状況になったら、気詰まりどころか息が詰まるのではないか。

(ていうか、取調室みたいかも)

そんな連想をしていたものだから、こちらに向き直った彼女から冷たい眼差しを浴びせられてビクッとする。容疑者を前にした、冷徹な女刑事のように見えたのだ。

「——な、何ですか?」

うろたえる俊三を見つめたまま、理佳子がスチールデスクに腰掛ける。黒いパンストに包まれた美脚を、見せつけるように高く組んだ。

狭い部屋で向き合っているのである。さっきまでいた教室よりも、ふたりの距離が近い。ドアも閉めていたから、彼女の香水が悩ましいほど匂った。

おかげで胸が高鳴り、視線が魅惑の下半身へと向かう。間近になったことで、太腿のむっちり感にもそそられた。

「ほら、また」

あきれた口調にハッとする。顔を上げると、美人講師が苦々しげに眉をひそめていた。

(あ、まずい)

俊三は狼狽した。魅惑の脚に見とれたのを、咎められると悟ったのだ。『また』ということは、さっきの時間もそうしていたのを、気づかれていたらしい。

ということは、最初からお説教をするつもりで、ここに連れてきたのか。もっとレッスンに集中しなければ駄目だと。

ところが、予想もしなかったことを訊ねられる。

「雁谷さん、さっき妙なことをおっしゃってましたね? 中国には足フェチのひとがどうとか」

つい口に出したことを、理佳子はしっかり耳に入れていたようだ。不愉快をあらわにした面持ちからして、レッスン中になんて不真面目なことを考えるのかと、怒っているのは明らかだ。

「あ、いえ、あれは——」

どうにか弁解しようとしたものの、

「どういうことなのか、ちゃんと説明してくださいませんか?」

詰め寄られ、俊三は言葉を失った。

(説明って……)

エロサイトでその類いの動画を多く見かけたからだなんて、言えるはずがない。軽蔑されるに決まっているからだ。

押し黙った年上の男に、理佳子が大袈裟なため息をつく。それから、挑発的に顎をしゃくった。

「足フェチなのは、雁谷さんなんじゃありませんか? さっきも、それから今も、わたしの足をじっと見てましたもの」

「は?」

きょとんとした俊三であったが、不意に気がつく。彼女が言う「あし」は「足」ではなく、「脚」のことなのだと。

(じゃあ、おれが自分の趣味嗜好を、中国人にも当てはめようとしているみたいに思ったのか?)

さっきの時間、下半身に視線を注がれていることに気づき、理佳子は腹を立てたのではないか。だから、いきなり質問はないかと声をかけ、不真面目な生徒を授業に集中させようとしたのだろう。

ところが、俊三が足フェチなんて言ったために、彼自身が脚フェチなのだと思い込んだらしい。実際、そこを舐めるように見ていたのだ。加えて、レッスン中に性的な言葉を口にされたことにも、怒りがこみ上げたのではないか。

「い、いいえ、違います。おれは脚フェチなんかじゃありません」

焦って否定しても、彼女は蔑むふうに目を細めただけであった。

「本当です。信じてください。それに、おれが言ったのは足フェチであって、脚フェチのことではなく――」

「はあ？」

理佳子が訳がわからないというふうに眉をひそめた。それはそうだろう。

「ですから、おれが言った足は、中国語のジャオのほうなんです。深見先生は、トゥイのことを言ってるんですよね？」

習ったばかりの中国語を用いて説明すると、彼女はようやく理解してくれた。

「ああ、そっちの……」

うなずいたものの、根本的な疑問が解決していないことに、すぐに気がついたようだ。

「だったら、どうして中国人は足フェチだなんて言ったんですか？」

そこまで決めつけはしなかったはずだが、細かいことをくだくだ言えるような状況ではない。俊三は仕方なく、疑問を抱いた経緯を話した。

「あの……前回のレッスンのあとで、深見先生が中国の映画を観たらどうかってアドバイスをしてくれましたよね。それで、レンタルショップに行ったんですけど、何がいいのかわからなくて、ネットで中国の動画を探したんです。そうしたら、足の匂いを嗅ぐものがけっこうあって——」

さすがにアダルトサイトで検索したとは言えない。発見に至った経緯には触れずにおく。

ただ、理佳子は敏感に察した様子であった。なぜなら、汚らわしいと言わんばかりに顔をしかめたからだ。

「たったそれだけのことで、中国人が足フェチだなんて決めつけたの？」

言葉遣いから丁寧さが失われている。生徒とは言え、こちらが年上だという意識など、とうに消えてしまったようだ。

「ええと、数が多かったものですから……」

「数が多かったんじゃなくて、自分の好みで、そういうものを探したんじゃないの？」

「え？」

「単に自分が足フェチだから、そういう動画を見つけただけなんでしょ？」

問いかける口調ながら、挑む眼差しは明らかにそうだと決めつけている。これには、俊三は困惑するばかりだった。

「い、いえ、そんなことありません。中国の動画を探したら、そういうものが出てきたんです。だいたい、おれは足フェチなんかじゃないですし」

「だったら、テストするわね」

「え、テスト？」

デスクに腰掛けたまま、理佳子がパイプ椅子を引っ張り出す。

「ここに座りなさい」

命じられ、俊三は急いで従った。グズグズしていたら蹴り飛ばすと、眉を吊り上げた美貌が告げていたからだ。

（あっ）

パイプ椅子に腰掛けるなりドキッとする。彼女と真正面で向き合い、しかも目の位置が下がったものだから、スカートの奥が見えそうだったのだ。

（いや、駄目だ――）

そんなところを盗み見しようものなら、またあらぬ疑いをかけられるに決まっている。俊三はすぐに視線をはずした。

コツン――。

床から音がする。何事かと下を見れば、パンプスがひとつ転がっていた。

（え？）

驚いて顔を上げるなり、鼻のあたりに何かが密着する。ザラッとした感触に続き、熟れすぎた果物のような匂いが鼻に流れ込んだ。

なんと、理佳子がパンストの爪先を顔に押しつけてきたのだ。

俊三は反射的に抗おうとした。ところが、からだが動かない。ほんのり湿ったところが漂わせる臭気が、美しい女性のものとは信じられないほど、品がなかったにもかかわらず。

いや、だからこそギャップが昂ぶりを生み、うっとりしてしまったのだ。

（これが深見先生の――）

脂っぽい汗が蒸れ、熟成されたふう。発酵した大豆製品に似た成分も感じ取れた。クセになりそうな媚香を、小鼻をふくらませて胸いっぱいに吸い込む。

（素敵だ……）

匂いそのものは、自分のものとそう変わりはない。けれど、発生源が美女の足というだけで価値が変わる。普段、嗅ぐことなどまずないから、この上なく貴重であると言えよう。

そして、やけにエロチックでもあった。

そのとき、また足元からコツンと音がする。けれど、美しい先生の飾らないフレグランスに惹き込まれていた俊三は、少しも気にしなかった。

「むううう」

下半身に甘美な衝撃が起こる。パイプ椅子を軋《きし》ませるほどに、腰がガクガクとはずんだ。

「なによ、大きくなってるじゃない」

理佳子になじられ、自身が勃起していたことに気づく。その高まりに、彼女のもう一方の足が触れていたのだ。

「むふッ」

ズボン越しに陰茎を刺激され、からだの中心を歓喜が貫く。足の匂いで昂ぶっていたために、感じやすくなっていたようだ。太い鼻息をこぼし、酸素を取り返すべく吸い戻せば、濃密な臭気が鼻奥にまでなだれ込む。

（ああ、すごい）

頭がクラクラして、眩暈《めまい》を起こしそうになった。

「やっぱり足フェチなんじゃない。こんなくさい足でオチンチンを硬くするなんて。ていうか、匂いフェチなの？」

侮蔑の言葉を口にしながら、理佳子が爪先を鼻にぐいぐいとこすりつける。そこが蒸れた臭気を発しているという自覚があるのだ。

昂奮しているのは確かだから、フェチと断言されても否定できない。だが、くさいという発言を聞き逃すことはできなかった。

「む――く、くさくなんかないです」

「え？」

「深見先生の足は、とても素敵な匂いがします。だからおれのそこが、そんなふうになったんです」

パンスト足の陰から彼女を窺うと、うろたえたふうに目を泳がせるのがわかった。

「な、なによ、素敵な匂いって。そんなわけないでしょ。わたし、今日は午前からレッスンがあって、足だって汗をかいてベトベトなのに」

「本当にそうなんだから、しょうがないです」

「それはあなたがフェチだからでしょ」

「違います。いえ、たしかにそうかもしれませんけど、少なくともこれまでは、女性の足の匂いにうっとりしたことなんてありませんから」

真剣に訴えると、理佳子は気圧《けお》されたふうに口を閉じた。頬が赤らんでいるから、はしたない行ないが今さら恥ずかしくなったのか。

そして、顔と股間に押しつけていた足もはずしてしまった。

「あ――」

俊三は落胆した。もっと魅惑のフレグランスを嗅いでいたかったのだ。

だが、美人講師に濡れた瞳で見つめられ、思わず息を呑む。

「……つまり、わたしがフェチに目覚めさせたってこと？」

「目覚めさせたっていうか――まあ、そうなると思います」

「雁谷さんが好きなのは足なの？　それとも匂いのほう？」

二者択一の質問をされ、俊三は返答に詰まった。自分でもどっちなのか、よくわからなかったからだ。

そのとき、不意に気がつく。彼女の膝が無防備に離されており、パンストの股間部分が見えていることに。

そこには下着が透けているはずだが、色もかたちもよくわからない。パンストと同じく、黒いパンティなのか。

探るように目を凝らしたところで、太腿がぴったりと合わさった。

(え?)

視線を上に向けると、理佳子がこちらを睨んでいた。スカートの奥を覗かれたとわかったのだ。

(あ、しまった)

十代の少年じゃあるまいし、欲望に負けたことを俊三は恥じた。けれど、彼女はそれについて何も言わず、考え込むみたいに眉根を寄せる。

3

「じゃあ、どっちなのかも確認したほうがいいわね」

理佳子がひとりうなずき、顎をしゃくる。

「立ちなさい」

「え？」

「椅子を片付けて、床に寝るのよ」

命じられるなり、脳裏に蘇るものがあった。ネットで見た、同性の足を嗅ぐ動画の一場面。床に寝転がった女の顔を、ボンデージスタイルの美女が踏みつけていたのだ。

あれと同じことをされるに違いない。俊三は嬉々として従った。また彼女の飾らないかぐわしさを堪能できるのだから。

仰向けになり、床の硬さも気にならずわくわくして待ち受けていると、理佳子がデスクからおりる。続いて、窮屈そうなタイトミニを腰までたくし上げたものだから、心臓がバクンと高鳴った。

（え、何を？）

彼女は足を顔に載せたりせず、俊三の胸を跨いだ。それも、はち切れそうに丸まるとしたヒップを向けて。

（あ、まさか）

何をするつもりなのかを悟るなり、美人講師が膝を折る。たわわなパンスト尻が急降下し、牡の顔面に墜落した。

「むうう」

柔らかな重みをまともに受け止め、俊三は反射的にもがいた。口と鼻をクロッチ部分で塞がれたため、酸素を確保すべく息を吸い込む。

(あああ……)

胸の内で感嘆する。濃厚な女くささをまともに嗅ぎ、全身に甘美が満ちたのだ。

パンストの下は、やはり黒のパンティだった。同色の薄物に透けるそれは、面積がかなり小さい。いや、おしりが大きいのか。もっちりした丸みが、裾から半分以上もはみ出していた。

ぷりぷりと弾力のある尻肉が、ナイロンのザラッとした肌ざわりと相まって、極上の感触を生み出す。それが顔に密着するだけでもうっとりするのに、陰部の正直なパフュームも嗅いでいるのだ。

蒸れて熟成された汗と、オシッコの名残らしきわずかな磯くささ。そして、ヨーグルトに似た発酵した乳酪臭。

それらの混濁は、いささかケモノっぽいものであったけれど、やはり美女のものゆえに心が躍る。もっと嗅ぎたくて、深々と吸い込まずにいられない。

「あん……く、くさくないの？」

理佳子が戸惑った声音で訊ねる。尻に敷いた年上の男が、嬉しそうに鼻を鳴らすのがわかったのだ。

「むふぅ、ぜ、全然」

口許を塞がれたまま、どうにか答える。たわわなヒップがもどかしげにくねったのは、敏感な部分に男の息を感じたからか。

「う、嘘でしょ。だって――」

何か言いかけて黙りこくる。今日はかなり忙しかったらしいから、股間も匂うとわかっているのだ。もしかしたらトイレに入ったときにでも、そこからたち昇る自身の秘臭を嗅いだのではないか。

だが、本人にとってはどうかわからないが、少なくとも俊三には、何ものにも代え難い魅力があった。

「……雁谷さんって、やっぱりフェチよ。それも匂いフェチのほうね」

ぶっきらぼうに決めつけたのは、秘部のあからさまな匂いを嗅がれる恥ずかしさを、誤魔化すためかもしれない。

(なんだか可愛いな)

精一杯虚勢を張っているふうで愛しくなる。年上を年上とも思わない傲慢な態度も、許せる気がした。

そして、無性にからかいたくなる。

「そ、そうとは限りませんよ」

「え?」

「パンストフェチっていう可能性もあるじゃないですか」

この反論に、理佳子が尻の筋肉をキュッとすぼめる。冗談じゃないわと咎めるみたいに。自説を否定され、悔しかったのではないか。

そして、すっと立ちあがる。

(ああ、そんな)

顔が一気に寂しくなり、俊三は心の中で嘆いた。

「だったら、パンストを脱いであげるわ」

こちらを見おろす彼女は顔をしかめ、ムキになっている様子だ。薄物をつるりと剝きおろし、小さなパンティが申し訳程度に隠す艶腰をあらわにする。パイプ椅子を引っ張り出して腰掛けると、パンストを両脚から抜き取った。

（素敵だ……）

ストッキングに包まれたのも魅力的だったが、ナマ脚もたまらなくセクシーだ。ふくらはぎのふっくらしたラインもなまめかしい。

寝転がったまま見とれていると、理佳子が片足を顔へ差しのべてきた。

小さな指が綺麗にそろった、愛らしい爪先。酸味を含んだ脂臭がふわっと香る。

「舐めなさい」

命令に続き、唇に爪先が押しつけられた。

怯《ひる》んだのは、ほんの一瞬だった。気がつけば、俊三は口を開け、足指を三本ほどまとめて迎え入れていた。

ほのかなしょっぱみが唾液に溶け出す。だが、匂いほどにはっきりした味はない。わずかにあるザラつきは、ストッキングの繊維か埃だろう。

もっと味わうべく、舌を指の股に差し入れる。

「あん、くすぐったい」

理佳子が声を洩らし、足指を握る。表情から厳しさが消え、うっとりと蕩けているふう。男に足をしゃぶられることに、背徳的な愉悦を覚えているのではないか。

(けっこうSっぽいみたいだしな)

ならばと舌を動かし、汗じみた匂いも味もこそげ落とす。彼女のエキスを唾液に溶かして飲み込むことで、俊三も甘美な昂ぶりにまみれた。

それにより、分身がいっそう力を漲らせる。

「むふふぅ」

足指をねぶりながら、俊三は太い鼻息をこぼした。股間の高まりを、また足で弄《もてあそ》ばれたのだ。

「さっきよりも硬いみたいじゃない。つまり、雁谷さんは足フェチってことね」

言ってから、理佳子が「あ、でも」とつぶやく。

「おしりを乗せたときも昂奮してたし、尻フェチでもあるってこと?」

べつにこれという結論に導かなくても、美女のすべてに魅力を感じていると捉えればいいのである。なのに、いちいちレッテルを貼らずにいられないのは、最初に足フェチだと決めつけたからか。一度口にしたことを引っ込められない、頑固な性格のようである。

だが、パイプ椅子が軋むほど、彼女が腰をモジモジさせていることに気づき、そうではないのだと悟る。

（深見先生、本当は足を舐められて昂奮しているんじゃないか？）

くすぐったいばかりでなく、快さも得ているように見える。いや、淫靡な状況に置かれ、あやしい心持ちになっているだけだとしても、それが情欲を煽っているのは間違いあるまい。

だとすれば、もっと直接的な愛撫が欲しくなっているのではないか。

「んは――だったら、試してみたらどうですか？」

爪先から口をはずし、誘いをかけると、理佳子は訝《いぶか》るふうに眉をひそめた。

「試すって？」

「またおれの顔に座ってみたらいいじゃないですか。今度は下着も脱いで」

「ど、どうしてよ⁉」

「それで昂奮したら、おれは尻フェチってことになるじゃないですか」

なるほどというふうにうなずきかけたものの、彼女はすぐに焦りを浮かべた。

恥ずかしいところを剝き身で男の顔に密着させるのだと、気がついたらしい。

「そ、そんなことできるわけ――」

かぶりを振り、けれど完全には拒絶しない。それどころか、迷うふうに目を泳がせた。

（たぶん、アソコを舐められたくなってるんだな）

今もヒップを悩ましげに揺らしている。秘部が熱く火照り、いやらしい蜜をこぼしているのかもしれない。疼くそこが男を欲しがっているのではないか。

そして、いよいよ我慢できなくなったようである。

「だ、だったら、雁谷さんも脱いで」

「え？」

「わたしだけ脱ぐなんて不公平だわ。それに、昂奮してるかどうか、オチンチンを見なくちゃわからないもの」

この場を逃れるために、そんなことを言っているのか。意図はわからないものの、俊三は躊躇しなかった。是が非でも、美人講師の秘められた部分を直に嗅ぎたかったし、味わいたかったのだ。

「わかりました」

寝転がったままベルトを弛め、ズボンとブリーフをまとめて膝まで脱ぎおろす。床に触れる尻が冷たかったものの、勃起があらわになったことを恥ずかしいとは感じなかった。

むしろ、脱ぐように命じた理佳子のほうが、うろたえる素振りを見せる。

「ったく、恥ずかしくないの？」

しかめっ面でこぼす彼女は、いよいよ追い込まれたとも言えよう。自ら出した条件が、あっさりとクリアされたのだから。

もっとも、秘部にくちづけを受けたくなっているのも事実なのだ。

「じゃあ、尻フェチかどうか、確認してあげるわ」

椅子から立ちあがり、小さな下着に両手をかける。迷いを浮かべたものの、それを断ち切るようにヒップから剝きおろした。

(あ――)

俊三は目撃した。太腿をすべる途中で裏返ったパンティのクロッチと、陰部のあいだに一瞬だけ、透明な糸がきらめいたのを。

(やっぱり濡れてたんだ……)

美女の昂ぶりの証しを目にして、分身がビクンと脈打つ。

理佳子はパンティからそそくさと脚を抜き、さっきと同じ向きで年上の男を跨いだ。そして、間を置かずに腰を落とす。羞恥部分を観察される時間を与えまいと、急いだのだろう。

実際、俊三が目にしたのは濃く繁った恥叢と、それに囲まれた陰影のみであった。しかも、一秒に満たない刹那のみ。

「むふぅ」

ナマ尻に顔面を潰される。もっちりしたお肉に頬骨がめり込み、当然ながらパンスト越し以上の密着感があった。化学繊維のなめらかさもよかったけれど、シルクみたいにスベスベした肌にもうっとりする。

(深見先生のおしりだ——)

もちろん、濃密さを増した匂いも素晴らしい。何しろ、陰部が鼻と口をまともに塞いでいたのだ。

(ああ、すごい)

そこは予想以上に蒸れ、淫靡な蜜でヌルヌルだった。酸味を著しくした秘臭が鼻腔を通り、脳に達する。ヨーグルトよりもチーズに近い発酵臭。あまりのいやらしさに、気が遠くなりかけたほど。

俊三は女芯にこもるパフュームを、無我夢中で吸い込んだ。フガフガと浅ましい音を立てて。

「ば、バカ。本当にくさくないの?」

理佳子が泣きそうな声で訊ねる。くさくないと答える代わりに舌を差し出し、俊三はこびりついた蜜を舐め取った。

「あひッ。い、いいの？　そこ、洗ってないのにぃ」

後悔を滲ませた口調ながら、この状況を待ちわびていたに違いない。なぜなら、舌を軽く這わせただけで、愛液が多量にこぼれ出したのだ。

（やっぱり舐めてほしかったんだね）

欲情をあからさまにする美女に、牡の劣情が高まる。煽られるままに舌を律動させると、女らしく熟れたヒップがビクビクとわなないた。

「あ、あ、そこぉ」

理佳子があられもなくよがる。秘部がますます潤った。

溢れる蜜をすすり、秘毛をかき分けながら恥唇をねぶる。一日働いたあとで、熟成した匂いを溜め込んでいたところが熱を帯び、新鮮な女くささを放ちだした。

（ああ、おいしい）

爪先と同じで、匂いほどに味はない。だが、厳しくも魅力的な女講師のエキスなのだ。舌ではなく、心で感じる旨味《うまみ》であった。

秘苑をねぶる俊三の鼻は、美女のアヌスに当たっていた。敏感なところを刺激されるたびに、そこがキュッキュッとすぼまるのが愛らしい。しかも、蒸れた汗くささに紛れて、性器以上に恥ずかしい匂いが感じられたのだ。

(深見先生のおしりの匂い……)

こんなもの、彼氏にだって嗅がれたことはないだろう。

洗浄器のないトイレで大きいほうの用を足したのか。いや、ほんのわずかだから、密かに漏らしたガスの残り香かもしれない。

どちらにせよ、彼女の秘密を暴いたことに変わりはない。無性にゾクゾクして、ペニスを雄々しく脈打たせてしまう。

(おれ、匂いフェチだったのか?)

これまでそういう嗜好はなかったから、我ながら意外であった。詩絵とシックスナインをしたときも、匂いなどさほど気にしなかったのに。まあ、彼女はシャワーを浴びたあとで、ナマの牝臭がほとんど嗅げなかったせいもあるが。

そうすると、理佳子に目覚めさせられたということか。いや、ネットで足の匂いを嗅ぐ動画を観たときから、自分の中で何かが目覚めたのかもしれない。やけに気になったのは、心惹かれるものがあったからなのだ。

どっちにしろ、もともとそういう嗜好があったことになる。

理佳子のほうは、もはや何フェチかと探る気持ちは完全になくしたらしい。恥割れをねぶられ、ひたすら喘ぐのみだった。

「あ……あふっ、くうぅううン」

教室では背すじをピンとのばし、隙を見せることなく指導する美人講師が、下半身のみまる出しというはしたない格好で、男の口淫愛撫に身をよじる。そんな姿をいじらしく感じつつも、無性に意地悪をしたくなる。さっきまでの尊大な態度を思い返し、今度はこっちの番だという気になった。

(深見先生も、おしりの穴が感じるのかな?)

そんな疑問が浮かぶなり、俊三はすぐ行動に移した。舌を手前側に移動させ、秘められたツボミをチロチロと舐める。

「キャッ」

理佳子が悲鳴をあげ、おしりを浮かそうとする。俊三は咄嗟にしがみつき、艶腰を逃がさなかった。

そして、いっそう派手に舌を躍らせ、秘肛を丹念に味わう。汗の味しかしなかったものの、それすら貴重に感じられた。

「ば、バカ、やめてッ。そこは――」

焦った声でなじり、彼女はヒップを縦横に振りたてる。排泄口を舐められるのは抵抗があるようだ。詩絵のように、はっきりと快感を得ているふうでもない。

それでもしつこく責め続けるうちに、抵抗が弱まってくる。

「あ……あふ、ンぅ」

悩ましげな喘ぎがこぼれだし、ふっくらした臀部が波打った。感じているのだろうか。

「むふぅ」

アナル舐めを続けながら、俊三は鼻息を荒ぶらせた。いきり立つ分身を、柔らかな指が握ったのである。反撃のためというより、間が持たなくなってしがみついたのではないか。

「う、う――ああ」

肉棒をしごくでもなくギュッと握り、理佳子が下半身をわななかせる。舐めくすぐられるアヌスが、忙しく収縮した。

「ああん、ど、どぉしてぇ」

自身の内に生じる感覚に戸惑っている様子だ。快感とまでは言えなくても、あやしい気分にひたっているようである。

ならばと、尖らせた舌先を、放射状のシワの中心にめり込ませる。

「あ、ダメ」

括約筋が締まり、抵抗を示す。けれど、執拗なアナル舐めでほぐれていたようで、ほんのわずかだが侵入に成功した。

「ああ、あ、あひッ、い、いやぁ」

舌を小刻みに出し挿れすると、尻割れが焦りをあらわに閉じる。そんな反応に、俊三は頭がクラクラするほどに昂ぶった。

（おれ、深見先生のおしりの穴をイタズラしてるんだ――）

幼い頃のお医者さんごっこにも通じる胸のときめきが、ペニスをいっそう漲らせる。今度は指を挿れてみようかと、腰を抱える手をはずすなり、理佳子がはじかれたように顔の上から離れた。

（あ、しまった）

後悔してもすでに遅い。

脇にぺたんと尻を据えた彼女が、ハァハァと息をはずませる。涙目で俊三を睨み、

「バカじゃないの!?　おしりの穴なんか舐めて……びょ、病気になっても知らないからねっ！」

秘肛をねぶられ、実はかなり感じたのかもしれない。それを誤魔化すために、声を荒らげているのではないか。

美人講師の顔をぼんやりと見つめ、俊三はそんなことを考えた。

「な、何よ?」

視線に戸惑ったふうながら、理佳子は顔をしかめている。先生と呼ばれる立場ゆえ、威厳を失うわけにはいかないのだろう。

それがやけに可愛らしい。

「おれ、やっぱり先生に目覚めさせられたみたいです」

「何のことよ?」

「先生の足や、アソコの匂いが素敵だったから、匂いフェチになったみたいです」

からかうつもりではなく告げると、整った美貌が赤く染まる。

「ひ、ひとのせいにしないでよ。もともとあなたがヘンタイだっただけじゃない」

「そんなことありません。おれ、女のひとの匂いでこんなに昂奮したのって、生まれて初めてなんですから」

事実だから、迷いなくきっぱりと言える。おかげで、彼女も否定できなくなったようだ。

「……素敵なわけないでしょ。くさいだけなんだから」

小声でこぼしたのに、俊三は即座に反論した。

「だから、ちっともくさくなかったんです。もしもくさかったら、ここがこんなになるはずないでしょう」

自身の屹立を指差すと、理佳子はそこに視線を向けるなり、焦ったふうに顔を背けた。かなりうろたえているとわかる。

だが、クンニリングスも途中だったのだし、欲望が燻《くすぶ》り続けているのは間違いあるまい。それは俊三も同じであり、ここはどうするのが得策かと頭を回転させた。

4

「あの……どうにかしてもらえませんか？」

声をかけると、理佳子がギョッとしたふうにこちらを向く。

「な、何を？」

「こんなになったんですから、最後までしてもらわないと……もう、我慢できないんです。お願いします」

下手に出て頼み込んだのは、彼女のプライドを満足させるためであった。『これが欲しいんだろう』などと下卑た誘いをかけても、反発を招くだけのはず。

案の定、理佳子はようやくペースを取り戻したふうに、満足げな笑みを浮かべた。

「しょうがないわね。ま、乗りかかった船だわ」

自分から始めたくせに、そんなことを言う。俊三は可笑しいのを堪えて、「ありがとうございます」と礼を述べた。

彼女が腰の横に膝をつく。手をのばし、筋張った筒肉にしなやかな指を回した。

「あああっ」

声を上げてしまったのは演技ではない。さっきとは違う慈しむような握り方が、たまらなく気持ちよかったのだ。

「感じやすいのね」

理佳子が白い歯をこぼす。それから、やるせなさげに眉をひそめた。

「すごく硬い……オチンチンは若いのね」

褒められているのか、それともあきれているのか、口調と表情からは判断できなかった。それでも、男としては誇っていいのだろうと思うことにする。

無骨な肉器官に絡みついた五本の指が、ゆっくりと上下する。快さがふくれあがり、俊三は「うう」と呻いた。

(なんて上手なんだ!)

男のツボを心得ているとしか思えない愛撫。カウパー腺液が早くも滲み出し、尖端に丸い雫をこしらえる。

美人で男の扱いもうまいのだ。かなりモテるに違いない。いや、モテるからこそ経験を積んで、ここまで巧みになったのか。

(やっぱり彼氏がいるんだよな)

しかし、こうしてペニスをしごいてくれるのだ。男がいたらパンティを脱ぐこともしなかっただろうし、今はフリーなのかもしれない。

たしかめたかったものの、俊三は諦めた。仮に恋人がいないとわかったところで、どうにかなるとは思えなかったからだ。

そうやって及び腰になるのは、詩絵と一夜限りの関係で終わったことが影響しているのだろう。期待して、傷つくだけで終わるのはご免だった。

（こんな美人に気持ちよくしてもらえるんだ。今だけの関係でもいいじゃないか）

そう自らに言い聞かせ、与えられる悦びを享受する。ただ、手だけでは終わるまいという予感はあった。

（やっぱり、したくなってるみたいだ……）

規則正しいリズムで肉根を摩擦しながら、理佳子は剝き身のヒップを悩ましげに揺らしていた。逞しいモノで貫かれたくなっているのだ。

これなら遠からず跨がってくるに違いない。その前に爆発しないよう、俊三は懸命に上昇を抑え込んだ。そのうち手が疲れて、他の方法をとるだろうと期待して。

ところが、彼女がいきなり顔を伏せたものだから驚く。それも、手にした屹立の真上に。

「あ、ちょっと――う、くあああっ」

含まれた亀頭をチュッと吸われ、快美の衝撃波が襲来する。目の奥に火花が散るのを感じる間もなく、敏感な粘膜をペロペロとねぶられた。

（いけないよ、こんなの）

くすぐったくも狂おしい愉悦にまみれながら、俊三は理性を振り絞った。

「だ、駄目です、深見先生――」

荒ぶる呼吸の下からどうにか訴えると、こちらを向いた女講師がきょとんとした顔を見せる。

（いやらしすぎる……）

美しい顔立ちと肉棒のコントラストがやけに卑猥で、俊三は危うく気をやりそうになった。彼女が口をはずしてくれなかったら、間違いなく果てていただろう。

「え、どうしたの？」

「いや……そんなところ、舐めなくてもいいんですよ」

「フェラチオが嫌いなの？」

「そうじゃないですけど。そこ、洗ってないんですよ」

会社を終えて、ここに来たのである。仕事をしたあとで、一日分の汗や尿、匂いのこびりついた分身をしゃぶらせるのは、さすがに申し訳なかったのだ。

ところが、理佳子はあきれたふうに嘆息した。

「雁谷さんだって、わたしの洗っていないオマ×コを、ペロペロしたんじゃない。

それに、おしりの穴まで舐めたのよ」

美女が口にした卑猥な四文字に、俊三は衝撃を受けた。

「いや、それは——」

男と女は違うのだと訴えようとしたが、少しも説得力がないことに自分でも気がつく。要は男の身勝手なのだ。

そうとわかりつつも、俊三は思いとどまらせようとした。すると、彼女が思わせぶりにほほ笑む。

「だったら、下のお口で食べてあげる」

またも品のないことを言い、理佳子がからだを起こす。

「下の……え？」

「オマ×コに挿れるんなら文句ないでしょ？」

そんなつもりはなかったのに、結果的に俊三の言葉が、肉体の結合を促すことになった。

「さ、起きて」

どうしようかと迷うふうに小首をかしげた彼女が、年上の男の手を取る。

「あ、はい」

またもリードされるかたちになり、俊三は立ちあがった。

「バックから挿れてね」

大胆な要求をして、理佳子がスチールデスクに両手をつく。上半身を屈め、熟して色づいた豊臀を背後に突き出した。

(ああ、いやらしい……)

上半身は着衣のままだから、剝き身のヒップがいっそうエロチックに映る。手入れをしていないらしい恥毛が尻割れの下側からはみ出し、わさわさと萌える飾らない眺めにも、胸が高鳴った。

(今は彼氏がいないんだな)

セックスするパートナーがいれば、ヘアの手入れを怠らないのではないか。それに、こうして他の男に、簡単にからだを許すはずがない。

ならば遠慮なくと、俊三は膝に絡まっていたズボンとブリーフを完全に脱いだ。魅惑の艶尻に真後ろから迫り、反り返る牡根を前に傾ける。

恥叢の狭間に濡れた華芯が見えた。そこに亀頭をあてがい、上下にこすると、淫蜜が粘膜にまぶされる。

「ああん」

理佳子が切なげな声をあげ、双丘をブルッと震わせる。早く挿れてとねだるように、恥割れをいやらしくすぼめた。

「い、挿れます」

俊三もたまらなくなり、女体を一気に貫いた。

「はあああああッ！」

下半身まる出しの女講師が、背中を反らせて喜悦の声を発する。普段、ここで生徒と一対一のレッスンをするかもしれない、神聖な部屋で。

（いや、これだって一対一のレッスンなんだ）

勝手な理屈をこしらえて、奥まで抉ったペニスをそろそろと引き出す。逆ハート型の切れ込みに現れた筒胴は、早くも白く濁った蜜汁をまといつかせていた。

肉体は充分その気になっていたのである。

ならば遠慮はいらないと、分身を抜き挿しする。最初はスローペースで、徐々に速度を上げる。

「……あっ、あ、あふっ、ううン」

理佳子が喘ぐ。手で支えることが困難になったか、上半身をデスクにあずけ、串刺しにされるヒップをくねらせた。

「はうう、き、気持ちいい」

はずむ呼吸の下からあらわなことを口走り、気がついて羞恥にまみれたらしい。

「うう……」と呻き、耳を赤く染めた。

だが、間もなく快楽に支配されるようになる。

パンパンパン……。

下腹と臀部の衝突が、小気味よいリズムを刻む。その狭間にグチュッと、濡れた粘膜が攪拌される淫らな音が交じった。

(ああ、気持ちいい)

たわわな丸みに両手を添え、興に乗って腰を前後に振りながら、俊三は快さにどっぷりとまみれた。

通っているスクールの一室で、美しい女性講師をバックから責め立てているのだ。淫らなシチュエーションに、胸が大いにはずむ。世界で一番いやらしいことをしている気分にひたった。

そのため、気がつけばかなりのところまで高まっていた。

(あ、まずい)

早々に昇りつめては勿体ない。それに、中に出していいという許可を得ていないのだ。

ピストンのスピードを緩め、募る射精欲求を落ち着かせようとしたものの、

「いやぁ、も、もっとぉ」

理佳子が身をくねらせて、勢いよく貫かれることを欲する。彼女もかなり上昇していたようだ。

だからと言って、せがまれるままに動いたら、こちらが危うい。

「で、でも、これ以上激しくしたらまずいんです」

四の五の言っていられないと、俊三は正直に打ち明けた。すると、彼女が顔を後ろに向ける。

「え、もうイッちゃいそうなの？」

ストレートに訊ねられ、情けなさを覚えつつも「はい」とうなずく。だが、早漏だと思われてはシャクなので、

「深見先生の中が、すごく気持ちよくって」

と、責任転嫁した。

「だからって……」

理佳子は迷うように目を泳がせた。それから、決意をあらわにうなずく。

「ね、もうちょっと我慢して。わたし、あと少しでイケると思うから」

「はあ……」

「その代わり、わたしがイッたあとなら、中に出していいわよ」

美女の膣奥にザーメンを注ぎ込めるなんて。そんな畏《おそ》れ多いこと、そうそう叶うものではない。

（よし、頑張らなくっちゃ）

彼女がはしたなく昇りつめるところも見たくなり、俊三は俄然張り切った。

「わかりました」

抽送を再開させると、理佳子ははしたなくよがりだした。

「ああ、いい、いいのぉ。硬いオチンチン、好きぃ」

わざと淫らなことを言って気分を高め、早く昇りつめようとしているのか。協力すべく、俊三は歯を食い縛って上昇を押さえ込み、腰のスピードを上げた。

「あ、あ、あん、いい、もっとぉ」

嬌声が狭い部屋に反響する。

肉棒が見え隠れする真上では、愛らしいツボミがいやらしく収縮する。そこもさわってほしがっているように見えた。

俊三は人差し指を口に含んで唾液をまといつかせると、美女の秘肛をヌルヌルとこすった。

「あひぃいいいいッ」

鋭い悲鳴があがったものだからドキッとする。おまけに、ヒップが上下にガクガクとはずんだのだ。

（え、そんなに感じるのか？）

舐めたときには、ここまであらわな反応を見せなかったのに。挿入されながらだと、より感じてしまうようだ。

ならばと、アヌスを刺激しながらピストン運動を続ける。指先をツボミに浅くめり込ませると、艶声がさらに甲高くなった。

「ああ、あ、いいの、いい……か、感じすぎちゃうぅうう」

髪を振り乱して悦びをあらわにする理佳子は、教室での厳格な女講師とは真逆であった。欲望にまみれて腰を振り、咥え込んだ牡を膣でキュウキュウと締め上げる。

（いやらしすぎる……）

目の前の美しい先生の乱れっぷりに気圧されつつ、俊三は一心に腰を動かした。

奥まったところが熱を帯び、煮込んだスープみたいに蕩けている。

　もうすぐ昇りつめるのではないかと思ったとき、女体が細かく震えだした。

「あ、あっ……い、イキそう」

　理佳子が首を反らし、切羽詰まった声を洩らす。いよいよなのだと、俊三は気を引き締めた。

（我慢しろよ）

　自らは上昇しないよう、彼女を悦ばせることに専念する。もちろん、秘肛をこすることも忘れずに。

　クチュクチュ……ぢゅちゅッ——。

　結合部が卑猥な濡れ音をこぼす。湧出量を増した愛液が泡立っているのだ。

「ああ、あ、ダメ——あああ、ほ、ホントにイクぅ」

　大きなおしりがぷりぷりとはずみ、間もなくぎゅんと強ばった。

「イクイクイク、い——ッくぅううっ！」

　アクメ声を高らかに張りあげ、理佳子が絶頂する。そのとき、尻穴が迎え入れるように収縮したものだから、指が第一関節まで入り込んだ。

（あ——）

括約筋が指を締めつける。同時に膣も強くすぼまり、牡器官が歓喜の高みへ誘われた。

「ああ、あ、出ます」

めくるめく瞬間が訪れる。俊三は息を荒ぶらせ、女芯の奥へドクドクと射精した。

「くぅうーン」

ほとばしりを感じたのか、理佳子が悩ましげな声を洩らす。直腸に侵入した指を、無意識にかキュッキュッと締めつけた。

「は——ハァ、くはぁ……」

脱力してデスクに突っ伏す美女。剝き身の艶尻を、時おりピクッとわななかせる。

(イッたんだ、深見先生)

ひと仕事やり遂げた心境で、俊三はふうと息をついた。それから、アヌスを犯した指を引き抜く。その瞬間、肛穴にぽっかりと穴が開き、すぐに閉じた。

「ううん」

理佳子がうるさそうに呻く。

目の前で確認しても、指に汚れは付着していなかった。だが、鼻先に寄せると、発酵しすぎたヨーグルトみたいな、なまめかしいかぐわしさがある。

(これが深見先生の、おしりの匂い――)

アヌスを嗅いだとき以上に生々しいそれに、全身が熱くなる。女芯にはまり込んだままのペニスが、ヒクリと脈打った。

5

次のレッスンのとき、俊三は理佳子が現れる前から胸を高鳴らせていた。何かを期待していたわけではなく、不安に駆られて。

何しろ、スクール内で彼女とセックスしてしまったのだから。

(うう、気まずいなあ)

妙な素振りを示されたら、うろたえてしまうに違いない。詩絵と同じく、何事もなかったかのように接してくれたらいいのだが。それはそれで寂しいのは確かでも、気を遣わなくて済む。

それにしても、同じ教室に集う講師と生徒、ふたりと関係を持ってしまったのだ。謂わば三角関係であり、それこそが気まずい状況と言えよう。

間もなく、パンツスーツ姿の理佳子が教室に入ってくる。

「では、五回目のレッスンを始めます」

彼女はいつになく機嫌がいいようだ。もともとプロポーションがよかったけれど、バストもヒップもさらに充実しているように見えるのは気のせいだろうか。

（おれとセックスしたから……？）

そして、俊三と目が合うと、唇の端に艶っぽい笑みを浮かべたのである。

（あ――）

俊三はどぎまぎして顔を伏せた。

その後は、これまで通りにレッスンが続く。だが、理佳子の口調が妙に穏やかで、というより優しかったから、詩絵は戸惑っている様子だ。

特に、俊三に対しての態度が、これまでと明らかに違ったから。

「いいですよ、雁谷さん。今の発音、とてもよかったです。その調子で頑張りましょうね」

これまでとあまり変わっていないはずなのに、理佳子が大袈裟に褒めてくれる。

正直、最初はバツが悪かった。ところが、不思議なものでやる気が起こり、発音が淀みないものになる。

これまでは、いい年をして生徒だなんてと照れくさかったのである。しかし、褒められたことが励みになり、躊躇せず声に出せるようになったようだ。子供は褒めることで伸びると聞くが、大人もそうだったとは。

おかげでレッスンが愉しくなる。そればかりか、中国語っていいものだなと、二週目にして初めて思った。

(これも深見先生とセックスしたからなんだな)

嬉しい誤算というか、棚からぼた餅というか。とにかく、いい方に向かってくれてよかった。

いつもは長く感じるレッスンが、今日はあっという間であった。気がつけば、もう終了間近である。

「では、今日のまとめをします」

理佳子がホワイトボードに向き、学習した言い回しや単語を書く。その後ろ姿を、俊三は胸をときめかせて見つめた。

今日のボトムは、グレイのパンツである。おしりのところがパツパツで、下着のラインがくっきりと浮いていた。

それもたまらなくセクシーであったが、あることに気がつく。彼女が頻繁に、尻の割れ目をすぼめていたのだ。

（あれ、どうしたのかな？）

考えて、もしやと思う。バックスタイルで貫きながら、アヌスに指を挿れてしまったのであるが、その感触が残っているのだろうか。

美人講師の淫靡な直腸臭まで蘇り、俊三は堪え切れずに勃起した。

第三章　眼鏡っ子純情

1

中国語のスクールに通いだして、一カ月が過ぎた。

週に三回のレッスンは、至って順調である。しかし、本当にそれで中国人と会話ができるようになるのだろうか。

俊三は不安を覚えた。英語だって、学校で何年も習い続けたのに、モノにならなかったのである。たった半年で、中国語がどれほど身につくものやら。

（やっぱり、他にも何かやったほうがいいのかな……）

しかし、仕事もあるのだ。中国語の習得にばかり時間を費やすわけにはいかない。限られた時間でできて、しかも有効な方法があればいいのだが。

ここは専門家のアドバイスをもらったほうがいいだろう。俊三はレッスンのあとで、理佳子に相談してみた。

「そうですね。一番いいのは、実際に中国人と会話をすることだと思います。今のうちにネイティブの方とふれあっていれば、現地に行ってもまごつかずに済むでしょうからね」

彼女は先生らしく、親身になって答えてくれる。つまり、習うより慣れろということなのか。それこそ詩絵のように、中国人の若い男と遊ぶのは最良の方法なのかもしれない。

(だったら、おれも中国人の女性と――)

愉しんでかつ学べるのなら、これほどいいことはない。学習意欲と性欲の両立だ。ただ、学べる表現がシモのほうに限定される気もするが。

その前に、どこでどうやって彼女たちと知り合えばいいのかわからない。仮にわかったとしても、うまく誘える自信もなかった。

(日本人相手だって無理なのに、異国の女の子を誘えるわけないじゃないか)

詩絵や理佳子のように、女性のほうが積極的になってくれるのならいいけれど。

というより、過去に関係を持った先輩女子たちも、どちらもそのパターンだったのだ。

性格的にナンパは無理だよなと落ち込みかけたとき、

「じゃあ、紹介してもらいましょうか」

理佳子がさらりと述べた。

「え、中国人の女の子を紹介してもらえるんですか？」

反射的に色めき立つと、

「女の子？」

きょとんとした彼女が、露骨に顔をしかめる。俊三が何を期待しているのかを察したらしい。

「あ、いえ、その……」

俊三は恐縮して肩をすぼめた。詩絵のことが頭にあったために、ネイティブとのふれあいイコール性的関係だと、妙な思い込みをしてしまったのだ。

「女の子とは限らないけど、会話の相手になってくれる中国人を紹介してくれるところがあるの」

理佳子の言葉遣いが丁寧なものでなくなる。口調もどこか厭味っぽかった。気分を害したのだろう。

まあ、一度だけとは言え関係を持った男が、他の異性に関心を示す発言をしたのだ。あまりいい気分ではあるまい。

「それはどういう方を紹介してもらえるんですか?」

「日本に来ている中国人よ。留学生が多いわね。要はアルバイトで、中国語を学びたいひとの会話の相手をしてくれるの。家庭教師みたいなものかしら。ただ、家まで来てくれるわけじゃなくて、喫茶店とかで会ってっていうのが多いそうよ」

「なるほど」

それこそ、学生にはうってつけのアルバイトだろう。ただ会話をするだけで、お金がもらえるのだから。

「だけど、おれは中国語をほとんど理解できないんですから、会話が成り立たないんじゃないですか?」

「ああ、それはだいじょうぶ。向こうも日本に来て学んでいるわけだから、多少は日本語を話せるのよ。要はお互いにカタコト同士、相手の言葉を学び合うって感じかしら」

それなら何とかなりそうだなと、俊三は安堵した。相手も日本語がうまくないのなら、コンプレックスを抱かずに済む。

(学生だったら、こっちを見下すこともないだろうし)

詩絵の話では、中国の留学生は真面目で純情な若者ばかりだそうだ。それなら男でもかまわない。もちろん、女の子のほうがいいのだが。

(いや、それだと、こっちが緊張して駄目かもしれないな)

スクールに入校して以来、立て続けにふたりと関係を持ったものの、どちらも一度きりなのだ。女性に自信があるわけでもなく、分不相応なことを期待したって無駄である。

ともあれ、相手の性別は問題ではない。重要なのは限られた時間で、確実に中国語を身につけることなのだ。

「ええと、それはどちらに申し込めばいいんですか？」

「わたしのほうからお願いしておくわ。実はウチのスクールに、希望者がいたら連絡してほしいっていうオファーが、そこの斡旋業者から来ているのよ」

「あ、そうなんですか」

「申し込んだから必ず契約しろってことはないし、解約も自由よ。あと、相手がどうも合わないと思ったら、他のひとと代わってもらうことも可能なの」

「なるほど、チェンジもできるんですね」

つい風俗関係で使われる言い回しを口にしてしまい、理佳子に睨まれる。意図して言ったわけではなかったものの、俊三は首を縮めた。

と、彼女が困惑したふうに眉をひそめる。

「雁谷さん、溜まってるの？」

「え、な、何がですか？」

「だから、アレが。オチンチンのほう」

ストレートな言葉を口にされ、俊三は焦った。詩絵は先に帰ってふたりっきりでも、ここは教室なのである。次の時間は空いているようだが、このあいだのような個人レッスン室とは違うのだ。

しかし、理佳子は少しも気にしていない様子だった。

「すぐにいやらしいほうに考えちゃうなんて、かなり重症よ。もう大人なんだから、そっちの処理ぐらい自分でできるでしょ？」

まさか十歳近く年下の異性に、オナニーを推奨されるとは思わなかった。まあ、彼女を見つけろとか、風俗にでも行けという意味かもしれないけれど。

俊三が返答に窮していると、彼女がやるせなさげにため息をつく。

「そりゃ、わたしが相手をしてあげればいいのかもしれないけど、彼を裏切るわけにもいかないし」

この告白に、俊三は驚愕した。

「え、深見先生、彼氏がいるんですか!?」

「ええ、いるわよ」

あっさり肯定され、言葉を失う。てっきりフリーだと思っていたのに。

(じゃあ、おれとセックスしたあとで、彼氏ができたのか?)

美人だから引く手数多なのだろうが、まさか簡単に相手を見つけるとは。そして、今回も自分は選ばれなかったのだとわかり、ひどく落胆する。

(ようするに、おれは女性から、後腐れなく関係を持てるだけの相手としか見られていないんだな……)

しかし、事実は想像と異なっていた。

「彼とはもう三年も付き合ってるし、そろそろ結婚してもいいかなと思ってるの」

理佳子が含み笑いでのろける。これも俊三を混乱させた。

「そんなに長く？」

つまり、自分とセックスしたときにも付き合っていたのだ。それがどうして、今さら操を立てるようなことを言うのか。

「まあ、雁谷さんとああいうことになったけど、実はあのとき、ちょっとしたことで彼と喧嘩したあとだったのよ。それでイライラしてて、雁谷さんにも厳しくしちゃったし」

あの日、不用意な発言を彼女に厳しく咎められ、さらにあれこれされたのは、苛立ちをぶつけられた部分もあったらしい。

「成り行きでエッチまでしちゃったけど、次の日には彼と仲直りしたの。あれは雁谷さんのおかげなのね、きっと」

「え、おれの？」

他の男と交わったことで、彼氏の良さを再認識したのか。思ったものの、そうではなかった。

「実は、彼と喧嘩した原因は、おしりでエッチしたいって求められたからなのよ。わたしは絶対に無理だからって断って、そんなことしたがるのはヘンタイよって、彼を罵《ののし》ったの。それで彼は気分を害して、ギスギスした感じになったの」

彼氏のほうは、付き合いが長いことで倦怠期になるのを恐れ、変わったプレイを求めたのかもしれない。ただ、それがアナルセックスというのでは、理佳子が抵抗するのも当然だ。

「だけど、雁谷さんとのエッチのとき、おしりの穴を舐められたり、指を挿れられたりしたじゃない。あれが意外に気持ちよかったから、させてあげることにしたの。で、次の日に謝って、ホテルでアナルエッチをしたんだけど――」

そこまで言って、不意に理佳子が頬を緩める。そのときのことを思い出したらしく、表情がやけに艶めいた。

「ま、とにかく、けっこう気持ちよかったわ。うん」

他の男におしりを捧げた話など、聞きたくはなかった。正直うんざりという心境だったものの、彼女はさらに言葉を継ぐ。

「気持ちよかったのは、彼のほうもそうだったみたい。何回も求められちゃった。そのあとしばらくは、おしりに何か入ってるみたいな感じが続いてたわ」

次のレッスンのとき、やけに機嫌がよかったのは、彼氏と仲直りをしたからだったのか。加えて、新たな悦びを知った影響もあったのだろう。尻の谷を何度もすぼめていたのも、俊三の指のせいではなく、もっと太い恋人のペニスの感触が残っていたからだったのだ。

（ま、おれみたいな男が、先生みたいな美人から気にされるはずもないか）

とんだピエロだったなと、自己嫌悪に陥る。そんな内心を察したのか、理佳子が気の毒そうに見つめてきた。

「な、何ですか？」

「んー」

考え込むように首をひねった彼女が、決心したようにうなずく。

「そうね……雁谷さんにお礼をしなくちゃいけないわ」

「え？」

理佳子がいきなり膝をついたものだから、俊三は戸惑った。けれど、白魚の指が股間にのばされたことで、何をするつもりなのか悟る。

「ふ、深見先生——」

焦って腰を引こうとしたものの、

「これが最後よ」

慈しむ眼差しで見あげられ、動きが止まる。彼氏と仲直りをするきっかけをくれたことへの、彼女なりの感謝のしるしなのだ。有り難く受けてもバチは当たるまい。

指が性器に触れる。ズボン越しにもかかわらず、分身が快さにまみれた。

「うう」

膝をわななかせて呻くと、理佳子が嬉しそうに白い歯をこぼす。

「もう大きくなってきたわ」

実際、血液がからだの中心めがけて殺到し、海綿体が充血していたのだ。

「さ、脱ぎ脱ぎしましょ」

ベルトを弛められ、ブリーフごとズボンを下げられる。ペニスは水平まで持ちあがっていた。

「ふふ、元気」

そして、しなやかな指が筒肉に巻きつくや否や、ふくらみきって雄々しく反り返ったのだ。

「わ、すっごく硬くなった。やっぱり溜まってたのね」

悪戯っぽく目を細めた彼女が、悩ましげにつぶやく。

「なんか、彼のよりもすごいみたい……」

おだてるつもりで言ったのではないことは、屹立を見つめるうっとりした眼差しでわかった。

理佳子の恋人がいくつなのかは知らない。年上だとすれば三十路近いのかもしれないし、アナルセックスをねだるぐらいだから、まだ若くて好奇心が旺盛だとも考えられる。

どちらにせよ、自分よりは年下なのだろう。その彼氏のものより勢いがあるのなら、誇ってもいいはず。

優越感を抱き、俊三はペニスを脈打たせた。

「あん、すごい」

美人講師の目が潤み、しゃがんだヒップが左右に揺れる。牡の逞しさに子宮が疼いているのではないか。

（ひょっとして、セックスもさせてくれるかも）

期待がこみ上げたものの、そうはならなかった。

「それじゃ、気持ちよくなったら、いつでも出していいわよ」

理佳子がリズミカルに手を動かす。手コキで射精に導くつもりなのだ。

赤く腫れた亀頭に包皮が被さり、また剝ける。それが繰り返されることで悦びが高まり、先汁が溢れ出した。

クチュクチュ……。

包皮に巻き込まれた透明な粘液が泡立ち、卑猥な音を立てる。その一部は滴って、美女の指も淫らにヌメらせた。

けれど、彼女は少しも厭うことなく、牡への愛撫を続ける。

握られる前から、そこはベタついていたはずなのだ。蒸れた匂いもさせており、理佳子が時おり小鼻をふくらませるのは、それを嗅いでいるからに違いない。

申し訳なく感じつつも、快感は否応なく高まる。ほんの五分と持たずに、俊三は青くさい精をドクドクと噴きあげた。

「あん、いっぱい出た」

ほとばしったものをハンカチで受け止めた彼女は、粘っこい牡汁を確認し、やるせなさげにため息をついた。

2

翌週――。

俊三が指定された喫茶店に入ったのは、約束した時刻、午後七時の十分前であった。

（まだ来てないみたいだな）

いかにも昔ながらの喫茶店というそこは、カウンターの他にテーブル席が五つのみ。それほど広くない。見回せば、お客はカウンターに初老の男がひとりと、窓際のテーブル席に若いカップルがいるだけであった。

今日は個人レッスンの相手である、中国人の留学生と会うのだ。俊三は仕事のあとに食事を済ませており、向こうは他のバイトを終えてから来るということであった。

ただ、相手の性別も年齢も、俊三は聞いていなかった。

もっとも、他にそれらしい人間はいないから、入ってくればすぐにわかるであろう。とりあえずコーヒーを注文して待っていると、入り口のドアベルがカランカランと鳴った。

（あ、来た）

そちらを見て、俊三は心臓をバクンと高鳴らせた。

（え、あの子が!?）

二十歳前後と思しき女の子。カジュアルで垢抜けたファッションに身を包んだ彼女は、現役のアイドルではないかと思えるほどの美少女だった。

　中国の男の子は真面目で純情だと、詩絵に聞かされた。だから、女の子もきっとそうなのだと、俊三は勝手に思い込んでいた。仮に女子留学生が来るのだとしても、外見を飾り立てることをしない、素朴な子に違いないと決めつけていたのである。

　それがまさか、こんなにチャーミングな子だなんて。

（いや、だけど、可愛すぎるぞ）

　これではまともに目も合わせられない。年甲斐もなく、十代の少年みたいにドキドキしていた。

　美少女がテーブル席のほうを見回す。目が合って、俊三は反射的に手を挙げかけた。

　そのとき、

「さきこ――」

　誰かが名前を呼ぶ。そちらを向いた美少女が、パッと表情を輝かせた。

「あ、パパ。そこにいたの」

　彼女が笑顔で向かったのは、カウンターにいた初老の男のところであった。

（ひと違いかよ……）

バツの悪さを覚え、俊三はテーブルの上まで出した手でカップを持った。何食わぬ顔でコーヒーをひと口飲んだものの、耳がやたらと熱い。

（何だよ、パパって。ひょっとして愛人なのか？）

勘違いした恥ずかしさを誤魔化すため、心の中で毒づく。それでも気が晴れることなく、むしろより落ち込んだところで、またもドアベルの音が聞こえた。

入ってきたのは、やはり二十歳前後と思しき女の子だ。店内を見回し、俊三に気がつくと、真っ直ぐこちらにやって来る。

「あの……雁谷さんですか？」

どこか覚束ないふうな日本語で声をかけられ、俊三は「はあ」と気乗りのしない返事をした。

向かいに坐った彼女は、チェン・メイリと名乗った。漢字で書くと「陳美梨」とのこと。この近くの大学に通っており、四年生だという。

「じゃあ、二十二歳？」

年齢を訊ねると、美梨《メイリ》は首を横に振った。

「いいえ、二十四歳になりました。わたし、日本に来たのが、二十歳になってからだったので。中国だと、もう二十五歳なんです」

答えてから、彼女は恥ずかしそうに首を縮めた。中国では数え年が一般的だと、理佳子が教えてくれたことを思い出す。

(二十四歳か……見えないな)

俊三は改めて、目の前の中華女子を観察した。

これまで染めたことや、パーマすらかけたことのなさそうな黒髪は、肩甲骨ぐらいまでの長さがあった。ただ洗って乾かしただけというふうだし、カットも自分でしているのではないか。とにかく、ひどく野暮ったい印象を受ける。

それはおそらく、黒縁の眼鏡をかけているせいもあったろう。

着ているものも洗いざらした感じのポロシャツに、ボトムはスリムジーンズ。細身の体型で、胸のふくらみがほとんど目立たない。

(ずいぶん垢抜けない子だな)

近頃の若者にはあまり見られないタイプである。中国では、こういう素朴な子が普通なのだろうか。

ただ、地味ながら顔立ちは整っているし、そこそこチャーミングではある。メ

二見文庫

FUTAMI BUNKO
http://www.futami.co.jp/

イクをして流行のファッションを身にまとえば、道行く男たちが振り返るぐらいになるだろう。

なのに、俊三はさっきからわだかまりを拭い去れなかった。

おそらく、美梨の前に入ってきた美少女と、無意識に比較してしまうからだ。

あの子がそうなのだと、目にするなり決めつけたものだから、ひどくがっかりしたのは確かである。

（まあ、そこまでラッキーが続くわけがないか）

魅力的な人妻に、中国語講師の美女。ふたりと立て続けに関係を持ったから、自然と高望みをするようになっていたのか。くだんの美少女を中国からの留学生だと思い込んだのもそのためだ。

早合点を恥じ入り、自己嫌悪に陥る。そんな胸の内が、どうやら表情に出てしまったらしい。

「あの、わたし……駄目でしょうか？」

怖ず怖ずと訊ねられ、我に返る。見ると、美梨が落胆をあらわにしていた。どうやら、気に入られなかったと感じたようだ。

「あ、いや、そんなことないよ」

俊三は焦ってかぶりを振った。それから、自らを叱りつける。

(まったく、何を考えてるんだよ)

中国語を学ぶためにお願いしたのだ。見た目にこだわってどうする。だいたい、真面目そうないい子ではないか。

「だけど、本当に何か頼まなくていいの?」

気になって訊ねる。美梨は注文を取りに来たウエイトレスに、『何もいりません』と言ったのだ。

「だいじょうぶです。飲みたいものがないですから」

彼女はそう答えたものの、それだけが理由とは思えない。

(あまりお金を使いたくないんじゃないのかな)

身なりからして、慎ましい生活をしているようである。他にもバイトをしているという話だし、余計な出費を抑えたいのではないか。

「おればかりコーヒーを飲んでるのは申し訳ないし、ここはおれが払うからさ」

「あ、いえ、本当にだいじょうぶですから」

「いいから、遠慮しないで。あ、すみませーん」

俊三は手を挙げて、カウンターのほうに声をかけた。

「はい、なんでしょう」

あまり愛想のよくないウエイトレスがやって来る。注文しなくてはいけない状況に追い込まれ、美梨はうろたえた。

「あ、あの……お茶ありますか？」

それなら無料だと考えたのではないか。すると、ウエイトレスが怪訝な面持ちで「お茶ですか？」と首をかしげる。

「紅茶ならありますけど」

「ああ、じゃあ、それで」

俊三は横から口を挟んだ。そうしないと、彼女が延々と悩みそうだったからだ。

「レモンティーとミルクティーとありますけど」

これは決められないので、美梨の顔を見る。

「み、ミルクで」

彼女は消え入りそうな声で頼んだ。

「かしこまりました」

ウエイトレスが去ると、美梨が恐縮して頭を下げた。

「すみません……」

「ああ、いいよ。このぐらい」

　こちらは社会人なのだ。たかが紅茶一杯で感謝されては、かえって心苦しい。それにしても、ここまで遠慮深い女の子は、これまで知り合った中にはいなかった。

「だけど、日本語が上手だね。日本に来てから習ったの？」

　話題を逸らすために質問すると、中国娘が「いいえ」と首を振る。

「中国でも勉強しました。そうしないとこっちの大学に入れないと思ったので。だけど、日本に来てからのほうが、上達したと思います。先生や友達と話すときは、日本語だから」

　やはり必要に迫られたほうが身につくのか。それにしたって、何も素養がなかったら、右往左往するばかりだろう。母国で学んできたからこそ、ここまで話せるようになったのだ。

「だけど、よかったよ」

　笑顔で告げると、美梨がきょとんとした顔を見せる。

「え、なんですか？」

「日本語がじょうずなひとが来てくれて。おれは中国語がまるで駄目だから、言葉が通じなかったら困るなあって心配していたんだ」

「いえ、わたしはまだ、日本語へたですから」

彼女は照れくさそうに俯いた。奥ゆかしいところも好ましかったが、どこか嬉しそうなのは、パートナーとして認められて安堵したからだろう。

そのとき、ミルクティーが運ばれてくる。

「中国でも紅茶って飲むの？」

飲み慣れないものだったら、かえって悪かったかもしれない。気になって、俊三は訊ねた。

「はい。ミルクがたくさん入った甘いもので、そこにタピオカを入れたものをよく飲んでました」

「タピオカ？」

「ええと、小さいお餅みたいな、あ、グミのほうが似てるかもしれないです」

イメージは湧かなかったものの、そういうものを飲んでいたのなら、ミルクティーも大丈夫だろう。

「甘いものが好きなの？」

「わたしはあまり好きでないです。でも、中国の飲み物は、甘いものが多いです。

ペットボトルのお茶にも、砂糖が入ってますから」

「え、お茶って、ウーロン茶？」

「それから緑茶も。でも、家で飲むお茶には、砂糖は入れません」

中華料理は辛いというイメージがあったから、お茶に砂糖というのは意外だった。

「家で飲むお茶っていうと、やっぱりウーロン茶やジャスミン茶？」

「いいえ、緑茶です。日本と同じです」

「あ、そうなんだ」

距離の近い、同じアジアの国でも、知らないことが多くあるものだ。そういうことがわかっただけでも、美梨と話せてよかった。

(ていうか、これだと少しも中国語の勉強にならないぞ)

顔を合わせてからずっと、日本語だけでしゃべっている。雑談をすることで学ぶにせよ、少しずつでも中国語を入れてもらったほうがいいだろう。

「ええと、おれは君を何て呼べばいいのかな？」

「好きに呼んでくれてだいじょうぶです。大学では、日本語の読み方でチンさんとか、ミリさんって呼ばれてます。中国人の友達だと、そのまま中国語の発音で、か。


呼び捨てにされます」

女の子をチンさんと呼ぶのは抵抗がある。などと考えるのは、日本人ゆえなの
「家族にはメイメイって呼ばれてました」

「他にはないの？」

「メイメイ？」

「ええと、なんて言えばいいのか……あ、Ｎｉｃｋｎａｍｅです」

最後の言葉はやけに発音がよかったものだから、ニックネームであると理解するのに時間がかかった。日本語だけでなく、英語も学んでいるのではないか。

「あ、メイメイって、メイリのメイってこと？」

「はい、そうです。小さい頃は、シャオメイメイとも呼ばれました」

テーブルについたときから広げていたノートに、彼女が「小美美」と書いた。クセがあるものの、素朴な人柄を感じさせる字だ。

「なるほど、小さいメイメイちゃんってことか」

「はい。今はもう呼ばれませんけど」

「だけど、まだまだ可愛いから、シャオメイメイでもいいんじゃない？」

何気なく言ったことに、美梨は気の毒に感じられるほど狼狽した。

「わわ、わたし、可愛いことないです」

俯いた頬が真っ赤に染まり、目も潤んでいるよう。ここまで大袈裟な反応をされるとは思わなかった。

(かなり純情なんだな)

二十四歳でも間違いなく処女だと、俊三は確信した。中国から来た男子は童貞ばかりだと詩絵が言っていたが、女子留学生もそうなのか。

「じゃあ、メイちゃんって呼んでもいい?」

俊三が努めて明るく言うと、美梨は顔を上げた。

「あ、はい……」

「馴れ馴れしすぎるかな?」

「いえ、そんなことないです」

ぎこちないながらも笑みを浮かべてくれて、ホッとする。

その後は、大学で何を学んでいるのか、故郷はどんなところなのかを訊ねるなどして、だいぶ打ち解けた雰囲気になった。彼女はおしゃべりが得意なふうではなかったが、訊かれたことには丁寧に答える。そんなところにも好感が持てた。

ただ、気がつけば、やはり日本語でしか話していない。

（中国語のこと、何か質問してみようか）

とは言え、すぐには浮かばない。困ったなと思ったとき、

「雁谷さんは、どんな仕事をしているんですか？」

彼女のほうから訊ねてきた。

「ああ、えと、玩具メーカーに勤めてるんだけど」

「がんぐ？」

「おもちゃのことだよ。フィギュア——人形とか、あと、小さな販売機で、お金を入れると丸いカプセルが出てくるやつがあるじゃない。ガチャガチャって言うんだけど、ああいうところに入ってるマスコットとか。他には、ゲームセンターのクレーンで取る景品も」

「ああ」

美梨が納得したふうにうなずく。だが、本当にわかってもらえたのかどうか、俊三は自信がなかった。かなり覚束ない説明だと、自分でもわかっていたからだ。

するとと、彼女のほうから知っていることを話してくれた。

「フィギュアならわかります。中国にも、日本のアニメのフィギュアが好きで、

集めていた子がいました。ええと、日本語だとオタクって言うんですよね？」

「う、うん。そうだね」

オタク文化が中国にも渡っていたとは知らなかった。ただ、フィギュアはほとんどが中国製で、そうすると日本に渡ったものを買い戻したことになる。それも逆輸入と呼ぶのだろうか。

「それで、ウチの製品を作る工場が中国にあって、来年の四月からそこを監督する支所に異動するんだ。だから中国語を勉強しなくちゃいけないんだよ」

「そうなんですか。その工場って、中国のどこなんですか？」

「ええと――」

都市名を答えると、美梨が嬉しそうに口許をほころばせる。これまであまり笑わなかったから、俊三はドキッとした。眼鏡の奥で細まった目が、やけに愛らしかったためもあった。

「そこなら、わたしの家と近いです」

「え、そうなの？」

「はい。わたしの家は隣の市です。あそこは工場が多いから、わたしの近所にも仕事に行っているひとがいます」

広い中国で、そんな偶然があるとは。仕事で知り合った相手が同郷ということはあったが、それ以上に奇跡的だと思えた。

そして、やけに胸がはずむ。

「だったら、中国に行って困ったことがあったら、メイちゃんを頼ればいいんだね」

「はい。是非そうしてください」

「あ、でも、大学を卒業したら中国に帰るの？」

「はい。わたしはもっと日本で勉強がしたいんですけど、親が帰りなさいと言うので……」

残念そうにため息をついたところを見ると、あまり帰りたくないようだ。

「じゃあ、中国に帰って就職するの？」

「両親は、早く結婚しなさいと言います」

「え、だってまだ二十四歳じゃない」

「日本ではわかりませんけど、中国だともう結婚する年です。それに、わたしは中国では二十五歳ですから」

考えてみれば、日本だってクリスマス——二十五歳を過ぎたら売れ残りなんて言われた時代があったのだ。

「だけど、せっかく日本に来て勉強したのに、もったいないなあ」

専業主婦が悪いとは言わないが、学んだことを何かに役立てたほうが、彼女も生きがいを感じられるのではないか。

「結婚しても、働くことはできますから。それに、日本へ来られたのは両親のおかげなので、あまりわがままは言えないです」

口調からして、美梨は諦めている様子である。何とかしてあげたいと思ったものの、他人でしかも外国人である自分が、口出しできるようなことではない。

ただ、親身にならずにいられないほど、俊三は彼女のことが気になって仕方なかった。

「……結婚って、付き合っているひとがいるの？」

訊ねると、美梨は「いいえ」と即答した。しかも、焦りを浮かべて。

「そ、そんなひといません」

また顔が赤くなったから、過去に付き合った経験もなさそうだ。

(じゃあ、帰ったら見合いでもさせられるのかな？)

前時代的なと思ったものの、国が違えば習慣も異なる。やはり他国の人間が、どうこう批評できることではないのだ。

やるせなさを覚え、それが苛立ちに変化する。荒んだ気持ちになったのは、いつしか心を惹かれていた女の子が、未来に希望を持てずにいるからだ。

同時に、自らの無力さを痛感したためもある。

ここは男として、励ましたり勇気づけたりする場面だろう。しかし、事情が事情だけに、どんな言葉をかければいいのかわからなかった。

ならば、何か明るい話題をと必死に考える。ところが、咄嗟に口から出たのは、その場にそぐわない事柄だった。

「あ、そうだ。訊きたいことがあったんだ」

「はい、何ですか？」

「メイちゃんは知らないかもしれないけど、最近のフィギュアはすごく精巧で、からだのどんな部分も誤魔化さずに作ってるんだ」

思いつくまま話し始めて、何を言っているのかと気づいたものの、今さら後戻りはできない。

「……そうなんですか？」

「それで、工場のひとと打ち合わせをするときにも、それぞれのからだの部分に関して細かく要望を出さなくちゃいけないんだけど、どこを調べてもわからない中国語の単語があるんだ。それを教えてくれないかな」

「はい、いいですよ」

美梨が笑顔で了承する。やっと中国語を教えられると張り切っているのが、表情から窺えた。

そういう純真な彼女に、実にくだらない質問をしてしまったのは、場を和まそうとして妙な方向に行ってしまったのに加え、どれほど純情なのか確かめたいという気持ちもあったからだ。

処女なのは事実としても、祖国を離れて日本で暮らし、様々な情報を得ているのである。カマトトぶっているだけではないのかと、疑念があったのも事実。本当のところどうなのか、確認したかったのだ。

「ええと、男と女のアソコは、中国語で何て言うの？」

「あそこ？」

「ほら、性器っていうか、股のところの――」

そこまで言って、ようやく理解したらしい。

「そ、そんなところまで、ちゃんと作ってるんですか!?」

驚きをあらわにし、続いて落ち着かなく目を泳がせる。そこに至って、俊三はとんでもないことを訊いてしまったのではないかという思いに囚われた。純情な娘にいやらしいことを訊いて、面白がっているだけではないのかと、後ろめたさも覚える。

(こんなの、やっぱりよくないよ)

思い直し、俊三は逃れる余地を与えた。

「あ、ごめん。答えられないんなら、べつにいいよ」

ところが、美梨は律儀だった。

「い、いえ、答えられます」

そう言って、清水の舞台から飛び降りる直前みたいに、顔を強ばらせる。仕事で必要だと俊三が言ったものだから、義務感にかられているのかもしれない。なんて健気なのかと、感動すら覚えた。

「ええと、男性のほうがシャオティーティーで、女性がシャオメイメイです」

早口で述べてから、恥じらって目を伏せる。異国の言葉とは言え、若い娘がひと前で性器の名称を口にしたのだ。無性にドキドキする。

(くそ、可愛いなあ)

美梨は言ってしまったことを後悔するみたいに、泣きべそ顔を見せている。いたいけな反応に、俊三は心臓を鷲摑みにされた。地味で垢抜けない子だけれど、最初に見た美少女以上にチャーミングだと思った。

ほんの短い時間のあいだに、すっかり彼女の虜になってしまったようである。

詩絵と理佳子の場合ですら、もっと親しくなりたいと考えるようになったのは、セックスしたあとだというのに。男は根本的に純情な女の子に弱いものなのか。

ともあれ、気になることがひとつあった。

「あ、シャオメイメイって、メイちゃんのニックネームと同じなの？」

訊ねると、美梨は「ち、違いますっ！」と否定した。

「同じメイメイでも四声《スーション》——あ、アクセントが違います」

さすがにもう一度発音することはできなかったらしい。ノートに鉛筆を走らせる。

「これが男性のほうで、女性はこうなります」

髪から覗く耳を赤く染め、美梨は「小弟弟」「小妹妹」と書いた。

（へえ。日本語だとムスコだけど、中国語は弟なのか）

シャオティーティーとオチンチン。語感が何となく似ている。もちろん語源は違うのだろうが、素直に面白いと感じた。

（ていうか、ちょっとアクセントが違うだけで、ニックネームが卑猥な言葉になるなんて……）

小さなメイメイちゃんとオマ×コちゃんでは、大違いである。四声は大事なんだなと、妙なところで納得した。

「なるほど、よくわかった。ありがとう。どこを調べてもわからなかったんだ。本当に助かったよ」

礼を述べると、彼女はホッとしたように頬を緩めた。

「いいえ。どういたしまして」

ペコリと頭を下げる。嘘偽りなく真面目で純真なのだ。変な質問をして悪かったなと、俊三は心の中で謝罪した。

何気に腕時計を見ると、午後八時近かった。この個人レッスンは、一時間単位だと言われていたのである。

「ああ、もう時間だね」

もっと話していたかったのにと、残念な気持ちを隠さずに告げると、

「あの……雁谷さんがよろしければ、わたしはまだだいじょうぶですよ」

美梨が嬉しいことを言ってくれる。

「え、延長してもいいの？」

「延長っていうか……今日は自己紹介の話ばかりで、中国語をほとんど話していませんから」

「まあ、たしかに」

「だけど、わたしでいいんですか？　他のひとがよかったら、代わることができますけど」

心配そうに訊ねた彼女に、俊三はきっぱりと答えた。

「いや、メイちゃんがいいよ。これからもよろしくお願いします」

テーブルに額がつくほど、深々とこうべを垂れる。

「こちらこそ、よろしくお願いします」

美梨も照れくさそうに頭を下げた。それから、思い出したように訊ねる。

「あ、場所はどうしますか？　このお店じゃなくてもいいんですよ」

「んー、おれはどこでもかまわないけど、メイちゃんは？」

「じゃあ、わたしの部屋でもいいですか？」

「え、メイちゃんの？」

「はい。この近くのアパートに住んでいるんです」

思わず頬が緩むほどに、嬉しい申し出だったのは事実だ。しかし、女の子の独り暮らしにお邪魔していいものかと、俊三はためらった。

ところが、彼女は少しも警戒していない様子である。

「メイちゃんはだいじょうぶなの？」

「わたしはそのほうがいいんです。お茶もわたしが出しますから」

喫茶店だとお茶代がかかるし、また奢ってもらうことになったら心苦しいと考えたのではないか。

「メイちゃんがいいのなら、おれもそれでいいよ」

「それじゃあ、続きはわたしの部屋でしましょうか」

「え？　ああ、うん……」

美梨に促され、戸惑いつつ席を立つ。会計を済ませると、彼女は「ありがとうございました」と何度もお礼を述べた。

（いい子だな、本当に……）

それだけに、男を気安く部屋へ迎えることが、なかなか信じられなかった。

3

道すがら訊ねたところ、美梨は中国語会話の相手をするこのアルバイトに、ずいぶん前から登録していたという。だが、時給の良さから留学生に人気があり、なかなか回ってこなかったそうだ。

「実は、紹介されて会ったひとが三人ぐらいいるんです。でも、みんな断られました」

「え、どうして？」

「たぶん、わたしは性格が暗いので、話しづらかったんだと思います」

「そうかな？　そんなことはないと思うけど」

おそらく断った連中は、ろくに会話をしないまま、見た目が地味だから敬遠したのではないか。

「そう言っていただけるとうれしいです」

美梨が照れくさそうに頰を緩める。素直な返答がいじらしい。

「じゃあ、部屋に招いて話をしたひとは、これまでいなかったんだね」

「はい。でも、断られなかったとしても、たぶん部屋には入れなかったと思います。特に男のひとは」

生真面目な顔で言ったから、丸っきり警戒心がないわけではないらしい。

「じゃあ、おれはどうして?」

「あ、雁谷さんはだいじょうぶです。とても優しそうだから」

はにかんだ笑顔を向けられ、嬉しくなる。どうやら信頼されたようだ。しかし、まったく警戒されないというのは、男としていかがなものか。

「そんな簡単に信じていいの? おれ、メイちゃんにイタズラするかもよ」

「いいえ。雁谷さんは、そんなことしません」

美梨がきっぱりと言った。

「わたし、そういうのはちゃんとわかるんです。顔を見ればわかります」

それはつまり、人畜無害の顔だということなのか。

(ひょっとして、あんな露骨なことを訊いたから、かえって下心がないと思われたのかな?)

そんなことを考えるあいだに、彼女の住まいに到着する。築三十年は優に超えていると見える、昔ながらのアパートだ。「月見《つきみ》荘」という、微妙な駄洒落の板看板が痛々しい。

「ここです」

案内されたのは、鉄製の外階段をあがってすぐの部屋だった。

入ってみれば、間取りは自分のところと同じくキッチンと六畳間。建物はこちらのほうが古いが、中はきちんと片付いていた。

というより、物がないと言うべきか。

床はフローリングである。簡素な机と椅子の脇には、大学のテキストらしき本がふた山も積み上げられていた。しっかり勉強しているようである。

床にはシングルサイズの、厚いマットレスが敷いてある。端っこに畳んだ毛布と枕があるから、そこが寝床なのだ。あとは部屋の隅に洋服の掛けられたパイプハンガーと、小さな収納ボックスが置いてあるぐらい。

(テレビもないんだな……)

もっとも、日本の番組に興味がなければ不要だろう。机の上にノートパソコンがあるから、情報はネットで得ているのではないか。

「すみません、汚い部屋で」

美梨は謙遜したが、これだけものがないと汚くもできまい。女の子の部屋とは思えないほど殺風景に映る。

（まあ、メイちゃんらしいと言えるのかも）

やはり無駄な出費はしない主義なのだ。単に金銭的な余裕がないだけかもしれないけれど。

「雁谷さん、足を洗いますか？」

いきなり訊ねられ、俊三は面喰らった。

「え？　ああ、いや、べつに洗わないけど」

「そうですか？」

彼女はきょとんとしたものの、無理強いすることはなかった。

「じゃあ、わたしは先に洗いますので。あ、そこに座ってください」

俊三にマットレスを勧めると、美梨はキッチンのほうにさがった。もちろん流し台ではなく、バスルームで足を洗うのだろう。

勧められたところに腰掛け、所在なく室内を見回していると、不意に甘い香りを嗅ぐ。部屋に入ったときには感じなかったそれは、若い娘の飾らないフレグランスに違いなかった。どうやらマットレスに染み込んでいるものらしい。

（そうか……やっぱり女の子なんだな）

暮らしぶりが質素なぶん、妙に生々しく感じられる。どんな格好で寝ているのかと、想像しそうになった。

（――て、何を考えてるんだよ）

それは信頼を裏切ることだと、浮かんだ邪念を打ち消す。気を逸らすべく、他のことに意識を向けようとしたところで、シャワーの水音が聞こえてきた。

（本当に足を洗ってるんだな）

中国人が頻繁に足を洗うというのは、どうやら本当らしい。それだけ足の匂いや汚れが気になるということだ。

だとすると、あの動画にあった足を嗅いだり舐めたりする行為は、一種のタブーだと言えよう。気になるところの匂いを暴く、あるいは逆に嗅がせたりすることで、背徳的な感情を観るものに抱かせることになる。

（やっぱりあれはフェチムービーなのか）

ただ、日本でだと一部の好事家が喜ぶぐらいでも、中国では多くのひとびとの心に訴えるものなのかもしれない。それこそ、日本の人妻ものや看護師もののアダルトビデオみたいに。だからこそ、あれだけたくさんの動画があったと考えられる。

そうすると、足を舐めるという行為は、中国では究極の愛情表現なのか。

(メイちゃんに訊いてみようか……)

しかし、さすがに引かれる恐れがある。どうしてそんなことに関心を持ったのか、説明を求められても困る。

中国に行ったら、向こうの人間に訊いてみよう。そのためにも中国語の勉強が必要だなと、妙なことで学習意欲を高めたところで、

「お待たせしました」

美梨が戻ってくる。裸足で、ジーンズの裾を折り返していた。

足首のところがわずかに濡れている。地味な女子留学生が、そこだけやけになまめかしく映った。胸がどうしようもなく高鳴る。

(待てよ。郷に入っては郷に従えとも言うぞ)

ここは日本だが、部屋の主は中国人である。生活スタイルを同じにすれば、もっとわかり合えるのではないか。

「じゃあ、おれも足を洗わせてもらおうかな」

そう言うと、美梨が嬉しそうに白い歯をこぼした。

「はい、どうぞ」

歓迎されているようで、複雑な心境になる。

（ひょっとして、おれの足は匂うのか？）

まあ、自国の習慣に合わせてくれたことを、単純に喜んでいるのだろう。そうに違いないと自らを納得させながら、教えられたバスルームへ向かう。

キッチンと部屋のあいだにあったそこは、狭いユニットバスだった。もちろんトイレには洗浄器など付いていない。

ただ、古くてもカビなど見当たらないし、清潔にしている。洗面台の鏡の前に、洗顔フォームやスキンケア用品が置いてあるから、ここがドレッサー代わりのようだ。

浴槽の底が濡れている。美梨はそこで洗ったのだ。では自分もと、靴下を脱ごうとしたところで、縁にかけてあるそれに気がついた。

（あ、これは）

白いソックスだった。さっきまで美梨が履いていたものに違いない。あとで手洗いをするつもりで、そこに残しておいたのか。

そのとき、俊三の脳裏に、理佳子の爪先を嗅いだときの記憶が蘇った。美女の生々しいフレグランスに、ひどく昂奮させられたのである。

（……メイちゃんの足は、どんな匂いなんだろう）

そんなことを考えるなり、手が無意識に動く。気がつけば、片方のソックスを手に取っていた。

爪先や踵が黒ずんだそれは、穴こそ開いていないものの、一部がすり切れて薄くなっていた。長く使われているものだとわかる。

そして、爪先部分には湿り気が感じられた。

シューズを履いていれば、特に蒸れやすいところだ。一日ぶんの汗をたっぷり吸い込んでいるようである。もちろん、正直な匂いも。

（いや、駄目だ）

そんなことをしちゃいけないと、理性が命じる。しかし、募る欲望には勝てず、俊三はソックスを裏返した。足指が直に当たっていたところを嗅ぎたかったのだ。

「ああ……」

爪先部分の裏地を鼻先にかざすなり、自然と声が洩れる。汗の酸味と脂、それからちょっと焦げくさい成分の混じったパフュームが、悩ましいほどに匂ったのである。

（これがメイちゃんの——）

理佳子のものと似ているようで、けれど基本部分が異なっていると感じる。美梨のほうは酸味が柔らかで、ミルクっぽい香味があった。人間はひとりひとり違うのだなと、当たり前のことを再認識する。

俊三は湿ったところで鼻の穴を塞いだ。誰にも知られたくないであろうフレグランスを深々と吸い込むと、脳が痺れる心地がする。

(うう、たまらない)

頭がクラクラして、もっと嗅ぎたいという欲求が強まった。

理佳子の爪先を嗅いだときには、美人がこんな匂いをさせているなんてという意識が昂ぶりをもたらした。けれど、今のほうが昂奮の度合いが大きい。すでにペニスがはち切れそうに膨張し、ブリーフの中で脈打ちを著しくしていた。

美梨が地味ながらも魅力的なのは確かである。しかし、どうしてこんなにも惹かれるのだろう。わからないまま、俊三はもう一方のソックスも手にした。そちらも裏返して嗅ぐと、より強い酸味臭が鼻奥をツンと刺激する。

(右と左で匂いが違うのか)

人体の不思議に感動を覚えつつ、一足をクンクンと嗅ぎ比べる。早くも漏れ出したカウパー腺液が、ブリーフの裏地をじっとりと湿らせる感触があった。

そこまでになれば、すぐにでもほとばしらせたくなるのが男の性《さが》だ。

(オナニーしたい……)

ズボンもブリーフも脱いで、強ばりきった分身をしごきたてたい。濃厚なザーメンを、思いっきりびゅるびゅると放ちたい。

だが、初めて訪れた女性の部屋で、しかも脱ぎたてのソックスをオカズにして不埒な行為に及ぶことは、さすがにためらわれた。軽蔑されるのは間違いないし、変態が過ぎるというもの。

(ああ、でも、どうしよう)

腰をくねらせ、悶々としながら生々しい臭気を嗅ぎ続ける。射精欲求が秒単位で高まった。

(これならすぐに出ちゃうだろうな……)

だったら、さっさと済ませればいい。精液は浴槽に飛ばして、シャワーで流せば証拠は残らない。あとは足を洗って部屋に戻ればいいのだ。

そうだ、そうしようと決心したとき、いきなりバスルームのドアが開く。

「雁谷さん、これを使って——!!」

タオルを差し出した美梨が、皆まで言えずに固まった。表情もたちまち強ばる。

部屋に招いた男が、汚れたソックスの匂いを嗅いでいるところを、まともに見てしまったのだ。驚くのは当然である。

いや、驚くだけでは済まされない事態だ。

俊三も動けなくなり、ふたりとも静止したまま時間が流れる。思考すらも固まっていた。

最初に行動したのは美梨だった。ソックスをパッと奪い取り、身を翻《ひるがえ》して去ったのである。

「あ――」

ひと呼吸おいて、俊三は追いかけた。

部屋に入ると、彼女はマットレスの上で膝を抱え、うずくまっていた。それも、肩を震わせて。奪い取ったソックスは、マットレスか毛布の下にでも隠したのだろう。

（ああ、何てことをしちゃったんだろう……）

後悔しても今さら遅い。いたいけな女の子を傷つけ、泣かせてしまったのだ。

『おれ、メイちゃんにイタズラするかもよ――』

自身の言葉が蘇る。冗談のつもりだったのに、そのとおりのことをしてしまうなんて。ただの悪戯では済まされない。

ここは謝るしかないと、しゃくりあげる娘の前に膝をつく。

「ごめん。本当にごめん。おれが悪かった。このとおり、許してくれ」

深々と頭を下げたものの、おそらく彼女は見ていまい。ずっと顔を伏せたままだった。

それでも、謝る以外に道は残されていない。

「ごめんよ。ごめんなさい。あんなことをされて、嫌な気持ちになるのは当然だよね。もう、本当に、全面的におれが悪いんだ。どんな償いでもするから、許してくれないかな」

もはや謝罪ではなく懇願である。俊三のほうも泣きそうになっていた。

結局、美梨が顔を上げたのは、五分近くも経ってからだった。

前髪が乱れ、目許がぐっしょりと濡れている。眼鏡のレンズも、内側にいくつもの雫が垂れていた。

おかげで、俊三の胸はひどく痛んだ。

「あの……ごめん」

恐る恐る謝ると、彼女がクスンと鼻をすする。それから、泣きはらした目でじっと見つめてきた。

「……どうしてあんなことしたんですか？」

ストレートな問いかけに、俊三は言葉を失った。正直に答えたら、軽蔑されるのは火を見るよりも明らかだからだ。

かと言って、うまく弁明することも不可能である。黙り込むより他ない。

すると、美梨が恨みがましげに眉根を寄せ、声を詰まらせ気味になじった。

「雁谷さんは、わたしの足がくさいから、他のひとと代えるつもりなんですよね。わたしは性格も暗いし、嫌いになったんですよね」

そんなこと思いもしなかったから、俊三は驚いた。というより、彼女は怒りの矛先を完全に間違えている。

「いやいや、そんなことない。嫌いになったりしないよ」

慌てて否定しても、まったく聞き入れようとしない。

「いいんです。わたし、自分の足がくさいこと、ちゃんとわかってますから」

美梨は自分を貶《おとし》める発言をするばかりで、俊三のしたことを咎めないのだ。これではますます責任を感じてしまう。

（前から足の匂いにコンプレックスがあったみたいだぞ）

ソックスを嗅がれたことで、そこを深く抉られたようだ。そのため、男の不埒な行為を責める余裕をなくしているのではないか。

「おれ、メイちゃんの靴下の匂いを嗅いだけど、少しも嫌じゃなかったんだ。くさいなんて、全然思わなかった。むしろ、好きな匂いだったんだよ」

恥を忍んで打ち明けても、やはり本気にしてくれない。

「そんなこと嘘です。あんなにくさいのに、好きになるはずないです」

彼女はソックスを脱いだあとに、匂いを確認したらしい。言葉でいくら訴えても、信じてくれる可能性は万にひとつもなさそうだ。

そのとき、俊三は不意に気がついた。股間のイチモツが、未だに勃起したままであることに。

(え、どうして?)

若い娘の正直なフレグランスに、それだけ昂奮させられたということなのか。ただ、美梨に泣かれてうろたえたものの、一方でやけにゾクゾクしたのも確かである。それも影響しているのかもしれない。

ともあれ、もはやこれしか証明する手立てはない。

(だけど、だいじょうぶなのか?)

純情な処女に、残酷なことをしようとしているのではないか。ためらいが頭をもたげたものの、他に良案など浮かばなかった。

俊三は膝立ちになると、股間を突き出して盛りあがりを誇示した。

「ほら、これを見て」

声をかけると、美梨が怪訝な面持ちを見せる。どこを見ればいいのかと言いたげだ。やはりバージンだから、牡のシンボルの変化などわからないのか。

「おれのここ、大きくなってるのがわかるよね?」

漲りを送り込み、ビクビクと脈打たせてみせると、ようやく気がついてくれた。

「あ――」

うろたえて顔を伏せる。目の当たりにした現象が何を意味するのか、理解しているのだ。

「男のここがどうして大きくなるのか、わかるよね?」

いちおう確認すると、彼女は小さくうなずいた。

「こんなになったのは、メイちゃんの靴下の匂いを嗅いだからなんだ」

この告白に、美梨は驚きをあらわに顔を上げた。

「え、本当に?」

「そうだよ。もしもくさいと感じたら、こんなふうに大きくなるはずないよね」

「それは……でも――」

「おれはメイちゃんの匂いが素敵だって感じて、すごく昂奮したから、ここが大きくなったんだ」

欲情の証しを見せられて、けれど彼女は半信半疑の顔つきだ。足の匂いと性的な昂ぶりが結びつかないのだろう。

俊三は思いきってベルトを弛め、ズボンを脱ぎおろした。

「あ――」

ブリーフの高まりを見せつけられ、牡の昂奮状態がいっそうあからさまになっても、美梨は顔を背けなかった。それどころか、目を見開いて凝視する。

処女とは言え、二十四歳なのである。セックスに関するそれなりの知識はもちろん、関心もあるのだろう。

これなら大丈夫だと、俊三は高まりの頂上にできた濡れジミを指差した。

「ここ、濡れてるだろ。男はすごく昂奮すると、ペニスから透明な汁を出すんだ。もちろん、オシッコじゃなくてね。女の子だって、そういうのがあると思うけど」

神妙な面持ちでうなずいたところを見ると、カウパー腺液のことも知っているのではないか。それから秘部を濡らしたことも。

「つまり、こんなシミができちゃうぐらい、昂奮したってことだよ」

「……だけど、どうして昂奮したんですか？」

またも美梨が率直な質問をする。

どう答えればいいのか、俊三は迷った。というより、自分でもよくわからなかったからだ。理佳子のときと違うのは確かだが。

けれど、不意に答えが降りてくる。

「それはきっと、おれがメイちゃんを好きになったからなんだよ」

「え、好き——」

真面目な処女が落ち着かなく目を泳がせる。いきなり好きと言われたのだから当然か。だが、唐突な告白を不快に感じているわけではなさそうだ。

「今日会ったばかりなのにこんなこと言うなんて、ふざけているなんて思わないでほしい。おれ自身も驚いてるぐらいなんだから。でも、話をしているあいだに、メイちゃんがどんどん可愛く見えてきて、好きになったのは本当なんだ」

その場しのぎで言っているわけではない。嘘偽りのない真実だ。

好きになった女の子の秘密――ソックスの生々しい匂いを暴いたから、激しく昂奮したのである。他に説明のしようがない。

「で、でも、好きだからって、どうしてあんなものに昂奮するんですか？」

美梨が泣きそうな顔で問いかける。

「好きなひとのことは何だって知りたくなるし、どんなことでも好きになるんじゃないのかな？」

問い返すと、彼女は口を引き結んだ。頬が火照り、眼鏡の奥の目が潤んでいる。

（ああ、本当に可愛い）

好きだと意識したことで、胸が締めつけられる心地がする。やはりこの気持ちは本物なのだ。

4

「――せてください」

美梨が早口で何か言う。俊三は聞き取れず、「え？」と訊き返した。

「……それ、ちゃんと見せてください。パンツを脱いで。でないと、本当に大きくなってるのかどうかわかりません」

今度はきっぱりと、挑むような口調だった。

彼女の視線は、牡の高まりをじっと見据えている。どこを見せるのかなんて、確認する必要はなかった。

だからと言って、そう簡単にあらわにできるはずがない。

(いや、さすがにそれは——)

逡巡をあらわにすると、処女の顔つきが険しくなる。

「ちゃんと見せてくれないと、雁谷さんの言うことが信じられません」

勃起をあらわにすることと、告白の信憑性がどう繋がるのか、さっぱりわからない。

ただ、見せないことには彼女が納得しないのだと、俊三にも理解できた。

(ええい、メイちゃんがここまで言うんだから)

ペニスを見たいのだから、嫌われたわけではあるまい。むしろ、こちらに関心を持ったからこその要求であろう。

俊三は思いきってブリーフを脱ぎおろした。亀頭がゴムに引っかかり、勢いよく反り返った分身が、下腹をぺちりと叩く。

「あっ」

美梨が小さな声を洩らす。しかし、目はそそり立つ牡器官に注がれたままであった。

（うう、見られた……）

俊三のほうが羞恥に苛まれる。だが、穢《けが》れなきバージンに無骨な肉棒を見せることで、背すじのわななきを覚えていたのも事実だ。

そのとき、美梨が何かつぶやく。中国語だったようで、何と言ったのかわからなかった。

「これで信じてくれる？」

間が持たなくなって声をかけても、彼女は無言であった。そして、徐々に身を乗り出し、屹立に顔を近づける。

（え、そんな）

シンボルから十センチと離れていないところに、眼鏡をかけた真面目な面立ちがある。小鼻がふくらんでいるのは、蒸れた男くささを嗅いでいるからではないのか。

「も、もういいだろ？」

自分はソックスをさんざん嗅ぎ回ったことも忘れ、苛立ちを隠さずに告げる。

すると、美梨が顔を上げた。

「はい、やっとわかりました」

何かを悟ったふうに言われ、俊三は面喰らった。

「え、何が？」

「雁谷さんが言ったことです。好きなひとのことは何でも知りたくなるし、どんなことでも好きになるって」

彼女はもう一度、濡れた眼差しをそそり立つものに向けた。

「わたし、雁谷さんのシャオティーティー、ちっとも嫌じゃありません。こんなに大きくなっても怖くないですし、匂いも好きです」

やはり牡の青くささを嗅いでいたのだ。居たたまれなくて、耳がやたらと熱い。

「だから……わたしも雁谷さんのこと、好きになったみたいです」

ペニスに向かって告白され、思わずそこをビクンと脈打たせてしまう。

「あ、動いた」

美梨がつぶやく。それから、上目づかいで俊三を見た。

「わたし、男のひとのここを見るの、生まれて初めてです」

「うん。わかるよ」

うなずくと、穢れのない容貌に安堵が浮かぶ。大胆なことを言ったから、遊んでいる女だと見られないか気になったのだろう。

ただ、経験のないことが、コンプレックスでもあったらしい。

「わたしみたいに何も知らない女、面白くないですか?」

「ううん。おれは、メイちゃんみたいに真面目でしっかりした女の子、大好きだよ」

そのとき、彼女が複雑な表情を見せたのは、真面目という言葉を堅物みたいな意味で捉えたためかもしれない。

(あんなことをしたのに、メイちゃんはおれのことを許してくれたんだ。それに、好きになってくれたなんて)

おそらく、最初から憎からず思ってくれていたのだろう。年頃らしく警戒心があるのに、こうして部屋に入れてくれたのだから。それに、イタズラをするかもと冗談めかしたときにも、

『雁谷さんは、そんなことしません——わたし、そういうのはちゃんとわかるんです。顔を見ればわかります』

あの言葉には信頼だけでなく、愛情も込められていたのではないか。

(でも……そうか。おれたちは両想いなんだ)

中学生男子みたいなことを考えて、頬が緩む。互いに想い想われというのは、これまでの人生でほとんどなかったことなのだ。浮かれるのも無理はない。

「雁谷さん、これ……どうするんですか?」

唐突に訊ねられ、俊三はきょとんとなった。

「え、どうするって?」

「大きなままで、苦しくないんですか?」

そこまで言われて、ペニスのことであると理解する。勃起したままでいいのかと、気にかけてくれているのだ。

「いや、苦しいってことはないけど……それに、メイちゃんの前でどうこうするわけにもいかな──」

「あの、さわってもいいですか?」

発言を遮られ、しかも、また大胆なことを言われたものだから、俊三は息を呑んで固まった。

(さわるって……おれのを?)

おまけに、了承の返事を待つことなく、彼女はその部分に手をのばしたのである。

「あ、ちょっと」

腰を引こうとしたものの間に合わず、筋張った筒肉に指が回る。キュッと握られるなり、狂おしい悦びが背すじを駆け抜けた。

「あふぅ」

たまらず腰をブルッと震わせ、太い鼻息をこぼす。

「気持ちいいですか？」

美梨が驚きを見せずに訊ねる。ペニスをさわられると男は感じるという知識もあるようだ。

「う、うん……あぁッ」

ためらうことなくしごかれ、さらなる愉悦が全身に広がる。息が荒ぶり、目がくらんだ。

（すごい……気持ちよすぎる）

愛撫するのは、勃起したシンボルを見ることすら初めてのバージンなのである。

当然ながら手つきは覚束ない。

なのに、膝がわななくほどの快感が生じていた。

（おれ、こんなにもメイちゃんのことが――）

好きなひとにさわられるのが何よりも気持ちいいのだと、不惑近くになって実感する。彼女のほうも好いてくれるからこそ、初めてでここまでできるのだろう。

もちろん簡単なことではあるまい。真面目で健気な女の子だからこそ可能なのだ。

「これ、すごく硬いです」

悩ましげに述べながらも、美梨は休みなく手を動かす。ぎこちなかった手淫奉仕が、徐々に慣れたものに変化していた。

そのため、快感が天井知らずに高まる。

「あ、あっ、メイちゃん――」

爆発しそうになり、俊三は焦って呼びかけた。すると、彼女が驚いたらしく手を止める。

「どうしたんですか？」

曇りのない澄んだ眼差しを向けられ、返答に窮する。処女に愛撫されて、こんなに早く果てそうになるなんて、みっともないことこの上ない。

しかし、今さら取り繕っても無意味だ。

「ごめん……メイちゃんの手が気持ちよすぎて、イキそうになったんだ」

「え、どこかに行くんですか？」

美梨が素直すぎる質問をする。母国語が異なるゆえのギャップを思い知らされた。

「いや、そうじゃなくて、射精しそうになったんだ」

「しゃせい……」

残念ながら、中国語の発音とは異なるらしい。彼女は首をかしげた。だが、不意に思いついたようで、

「あ、——のことですか？」

と訊ねる。聞き取れなかったから、どうやら中国語を口にしたらしい。

「うん、そうなんだ」

きっとわかってもらえたのだろうと判断してうなずくと、美梨は神妙な面持ちになった。

「……わかりました」

「え？」

「出してください。このまま——」

そう言って、再び手を動かす。強ばりきった筒肉を、すりすりと摩擦した。

「あ……ううう」

快感がぶり返し、俊三は呻いた。鼠蹊部が甘く痺れ、またもオルガスムスの予兆を捉える。

（いいのか、本当に？）

手で射精に導くなんて、処女には過酷なことをさせようとしているのではないか。しかも、こんな真面目な子に。

ためらいを覚えつつも、高まる悦びには抗えない。俊三は間もなく頂上を迎え、全身を歓喜に震わせた。

「あ、あっ、いく——出るよ」

息を荒ぶらせて告げると、彼女がもう一方の手をふくらみきった亀頭の前にかざす。それでほとばしりを受け止めるつもりなのだ。

「あああ、で、出る」

脳が快美に蕩ける。俊三は腰をガクガクと前後に振り、濃厚な牡汁を噴きあげた。

「あ、すごい。出ました」

ドロドロした白濁液で手のひらを汚されながらも、美梨は強ばりをしごき続けた。

そうすると男は快いなんて知識があったわけではないのだろう。本能的に察して、愛撫を続けたようだ。

おかげで、俊三は最後の一滴まで、気持ちよく射精することができた。

「くああ」

尿道に残ったぶんを搾り出され、駄目押しの愉悦を与えられる。力を失った肉棒から指が外れるなり、力尽きてマットレスに座り込んだ。

「はあ、はぁ――」

肩で息をしながら、美梨のほうを見る。彼女は手のひらに溜まったザーメンをじっと見つめ、顔の前に近づけた。

「不思議な匂い……」

つぶやいて、悩ましげに小鼻をふくらませる。それから、照れくさそうな笑顔を見せた。

「わたし、この匂いも好きです」

射精後の倦怠感にまみれていた俊三であったが、なんて可愛いのかと胸をときめかせた。

（ああ、おれ、メイちゃんが大好きだ）

恋する気持ちがどんどん大きく、そして強くなる。彼女に出会えて本当によかったと、幸運を噛み締めた。

美梨は手に溜めた精液をこぼさないように立ちあがると、早足で部屋を出た。間もなく水音が聞こえてきたから、手を洗ったようだ。

（さすがに飲んだりはしないか）

しかし、洗い流す前に、ちょっとぐらい舐めたかもしれない。純情なのは確かでも、好奇心も旺盛なようだから。

（ひょっとして、舐めるところを見られたくないから、向こうに行ったのかも）

そんなことを考えていると、美梨が戻ってくる。まだ股間をあらわにしたままの俊三を見ると、恥ずかしそうに目を伏せた。

それでも、マットレスの脇にあったボックスからティッシュを抜き取り、完全に萎えた分身を拭ってくれる。

「いいよ。自分でするから」

俊三が遠慮しても、はにかんだ笑みをこぼすだけ。甲斐甲斐しく牡器官を清めてくれた。

それから、軟らかなモノを摘まんで微笑する。

「わたし、小さいシャオティーティーも、可愛くて好きです」

俊三はたまらず赤面した。

第四章　あどけない手遊び

1

自分ばかりが気持ちよくしてもらっては申し訳ない。ここは美梨にもお返しをすべきだ。

もっとも、どんな口実でもいいから、彼女の秘められたところを見たい、できれば触れたいというのが本心であったが。

しかしながら、こんなにも純情な処女に手を出すことはためらわれる。簡単に許してくれるとは思えないし、嫌われたくはなかった。

（さすがに、いきなりアソコっていうのは無理だよな）

ここはハードルを下げて、許してくれそうなところを狙うしかない。

(あ、だったら——)

俊三は不意に閃き、萎えたペニスを興味深げに観察する彼女に声をかけた。

「メイちゃん、ここに寝てくれる？」

「え、どうしてですか？」

「おれ、メイちゃんにお礼がしたいんだ」

美梨は怪訝そうに眉をひそめたものの、言われたとおりマットレスの上に身を横たえた。けれど、途端に不安を覚えたようで、泣きそうな顔で見つめてくる。

《だいじょうぶだよ》

目でそう訴える。もう信頼を裏切ることはできないのだ。

俊三は彼女の右足を手に取った。すると、そこがビクッと震え、反射的に引っ込めようとしたのがわかった。

不安を取り除くべく、小さな足を撫でてあげる。子猫でも可愛がるみたいに。

「おれ、メイちゃんが大好きだよ」

真っ直ぐに目を見て告げると、美梨が泣きそうに顔を歪める。小さくうなずき、クスンと鼻をすすった。

もっとも、俊三は股間をまる出しにしているのだ。端から見れば、かなり滑稽な愛の告白だったろう。

「メイちゃんのすべてが好きなんだ。だから、こんなこともできるんだよ」

手にした足を顔の前まで持ちあげる。綺麗に並んだ小さな指が、目を細めたくなるほど可愛らしい。

「え、雁谷さん？」

何をされようとしているのか悟ったらしい。彼女は焦りを含んだ声で呼びかけてきた。

「じっとしてて」

短く告げ、足の親指を口に含む。隣の指も一緒に。

「キャッ」

小さな悲鳴をあげ、美梨は足を引っ込めようとした。ところが、俊三が足首をしっかり捕まえていたため、無駄な努力に終わる。

（だいじょうぶだから、おれにまかせて――）

心の中で告げ、くるぶしや踵を優しく撫でてあげる。すると、気持ちが通じたようで、抵抗がやんだ。

もっとも、俊三が舌を動かし出すと、足指がくすぐったそうに縮こまった。

「あ、雁谷さん――く、くすぐったいです」

顔をしかめ、息をはずませる。それでも、いちおうされるままになっているのは、洗ったあとで安心しているからだろう。

実際、そこは石鹼の香りがするのみ。舐めても味はほとんどない。

しかし、愛しい女の子の足なのだ。口に入れるだけでときめきを禁じ得ない。

桜色の爪が愛らしい、ぷにっとした足の指を、俊三は一本一本丹念にねぶった。

さらに、股のところにも舌を這わせる。

「んうぅ……あ――あひっ、いいいいッ」

美梨が呻き、喘ぎ、身をよじる。特に指のあいだが感じるようだ。それも、たたくすぐったいばかりではなさそうに。

なぜなら、洩れ聞こえる声に艶めきが混じりだしたからだ。

「ん、ああっ、あ、くぅン」

今にも足が攣りそうに握り込まれる。スリムジーンズに包まれたふくらはぎや太腿も、ピクピクと痙攣していた。

時間をかけて右足をしゃぶり終えると、俊三は左足を手に取った。

そちらにも同じように舌を絡みつかせても、彼女はくすぐったがらない。足指をグーにした程度で、引っ込めようともしなかった。

その代わり、なまめかしい声が大きくなる。

「ああ、あ、アイヤぁ——う、ふううぅっ」

マットレスの上で、細腰がクネクネと左右に揺れる。処女なのに、やけにいやらしい反応だ。

(感じてるんだ、メイちゃん——)

嬉しくて、舌の動きが活発になる。左足もしゃぶり終えると、今度は両足を持ってねぶり回した。

「あふ、あ、あン……だ、ダメ」

美梨は明らかに悦びを得ている。今は両足を摑まれているため、膝を離したりくっつけたりと、平泳ぎのような動きを見せていた。

(え、あれは——)

彼女の脚が菱形をこしらえたとき、俊三は発見した。ジーンズが喰い込む股間の中心に、ポツッと濡れジミができているのを。

くすぐったくて、少しだけオモラシをしたのではないか。最初はそう思った。

ところが、快感に身をよじるあいだに、シミが大きくなったのである。

(濡れてる?)

感じて、いやらしい蜜をこぼしているというのか。実際、よがり声がいっそう色めき、腰も上下にはずみだした。

「ああ、いやぁ、か、雁谷さぁん」

名前を呼ばれると、ますますドキドキする。

気のせいか、酸っぱいようななまめかしい匂いが漂ってくる。汗ばんだためなのだろうが、蒸れた股間が淫臭を放っているように思えてならない。

(いやらしすぎる……)

いつの間にか復活したペニスが、力強く反り返っている。溢れたカウパー腺液が、下腹とのあいだに糸を引いていた。

自らの昂奮状態を自覚したことで、舌づかいがねちっこくなる。含んでいるのは爪先なのに、唾液は踵にまで垂れていた。

そうやって飽きもせず足指を味わっていると、

「——あふンっ!」

太い喘ぎを吐き出した美梨が、下半身を大きく跳ねさせる。あとは手足から力が抜け、ハァハァと呼吸を荒ぶらせるだけになった。

（え、イッたのか？）

驚いて足を離す。爪先をしゃぶられただけで達したというのか。

いや、そんな馬鹿なと疑っても、そうとしか思えない反応である。今も絶頂後の脱力状態そのままに、マットレスに手足をのばしていた。瞼を閉じ、胸を大きく上下させせながら。

見れば、股間のシミがこぶし大ぐらいになっている。淫靡な眺めに喉の渇きを覚えつつ、俊三はしどけなく横たわる処女を茫然と見つめた。

しばらくして、美梨が目を開ける。焦点が定まらないふうにぼんやりと天井を眺め、それから頭をもたげた。

「あ」

俊三と視線が絡むなり、狼狽をあらわにする。

「わ、わたし、どうして……」

目を潤ませ、泣きそうになる。何が起こったのか、よくわかっていないらしい。

「メイちゃん、イッたの？」

訊ねても、困惑げに眉根を寄せる。オナニーもしていなさそうだし、これが初めての絶頂だったのではないか。

「いった……?」

「ああ、いや。何でも——ごめん。やりすぎちゃったみたいだね」

俊三は謝り、手を差しのべた。そこに摑まって身を起こした彼女が、小さくかぶりを振る。

「いいえ……くすぐったかったし、恥ずかしかったけど、雁谷さんの気持ちが伝わってくる感じがしました」

いじらしい返答に、胸が熱くなる。昂ぶる気持ちを抑えられずに、俊三は細身のからだを抱き寄せた。

「え——」

その瞬間、美梨のからだが強ばる。けれど、抵抗することなく、おとなしく身を任せてくれた。

汗ばんだ処女のボディが、甘酸っぱい香りを漂わせる。それを嗅ぐことで、目がくらむほどの情欲がこみ上げた。

(いや、駄目だ)

理性を振り絞り、背中を優しく撫で続ける。股間の分身は硬く強ばりきったままだったが、気持ちのほうはどうにか落ち着いてきた。

と、美梨が居心地悪そうに、おしりをモジモジさせていることに気づく。秘部が濡れていることに気づいたのだろうか。

「……わたし、どうなったんですか？」

掠れ声で訊かれ、俊三は身を剝がした。

「たぶん、気持ちよくなりすぎて、自分がわからなくなったんだよ」

言葉を選んで答えると、彼女は理解できないふうに首をかしげた。

「きもちよく……」

考えて、何かを思い出したように小さくうなずく。

「わたし、初めはくすぐったくて、息がとまりそうだったんですけど、我慢していたらからだが熱くなって、頭の中が真っ白になる感じがしたんです」

自身に起きたことを、美梨は一所懸命説明した。

（イッたってわけでもないのかな？）

くすぐったさの極限で、オルガスムスと似た反応が生じただけなのか。けれど、喘ぎ声はやけに煽情的だった。

それに、秘部があんなにも濡れたのである。

「やっぱり、おれがやり過ぎたんだよ。ごめん」

「いいえ。雁谷さん、悪くないです。あんなにいっぱい舐めてくれて、わたし、恥ずかしかったけど、うれしかったです」

はにかんだ笑みを浮かべた彼女に、愛しさが募る。大事にしてあげなくちゃいけないと、使命感も芽生えた。

「メイちゃん……」

名前を呼び、じっと見つめる。すると、何を求められているのか察したらしく、美梨がそっと瞼を閉じた。

（なんて可愛いんだ）

俊三は顔を近づけ、かすかに震える処女の唇を奪った。そこはふっくらと柔らかで、マシュマロにくちづけているようだった。

（——メイちゃんとキスしてる）

実感が湧いたのは、唇を重ねて十秒も過ぎてからだった。全身が熱くなり、彼女をしっかりと抱きしめて、情熱的に吸う。

それでも、舌は入れなかった。いたいけなバージンには、刺激が強すぎると思ったのだ。

唇が離れると、濡れた瞳が見つめてくる。素顔が見たくなり、俊三は眼鏡をそっとはずした。

「あ……」

戸惑いの声を洩らした美梨が、恥じらって目を伏せる。ずっと顔にかけていたものがなくなるのは、服を脱ぐのと似たような心境なのだろうか。

眼鏡を取ったら美少女というのは、漫画などでありがちなパターンだ。実際はそんなことあるはずがない。

そう思っていたものの、素顔の美梨はいっそう愛らしくなったのである。黒縁のださい眼鏡をかけていたから、野暮ったさが薄らいだことで印象が変わったようだ。

「眼鏡をかけない顔も可愛いね」

思ったままを告げると、彼女は涙目でかぶりを振った。

「そんなことないです……それに、わたしは眼鏡をかけていたほうがいいです」

「え、どうして？」

「だって、眼鏡がないと、雁谷さんの顔がよく見えないから」

いじらしい台詞に、俊三は身悶えしたくなった。

「好きだよ、メイちゃん」

想いを込めて告げ、もう一度キスをする。それから、眼鏡を戻してあげた。

「あっ」

下を見た美梨が声をあげる。牡のシンボルがそそり立っているのを発見したのだ。

「また大きくなったんですね」

すぐに手をのばし、筋張った筒肉を握った。

「あ、メイちゃん。うう」

「さっきよりも大きいみたい……」

悩ましげにつぶやき、手を上下に動かす。快感がふくれあがり、俊三は喘いだ。

「すごく気持ちいいよ」

声を震わせると、彼女が嬉しそうに口許を緩める。

ふたりはマットレスに横たわった。身を寄せて、何度もくちづけを交わす。その間、処女の指は休みなくペニスをしごき続けた。

「あ、あ、いくよ」

間もなくめくるめく瞬間が訪れる。歓喜の極みで放出したものを、美梨はまた手のひらで受け止めてくれた。

2

週三回の中国語スクール、そして、週二回の中国語会話。実に一週間に五日、中国語に触れているのだ。これなら大丈夫だろうと、俊三はようやく安心することができた。

とはいえ、大切なのは回数や頻度ではなく、どれだけ真剣に学べたかということである。

もちろん俊三も、そんなことはわかっている。これまで以上に真剣に、そして意欲的に、中国語学習に取り組んでいた。

それができるようになったのは、やはり美梨の存在が大きかったであろう。

（メイちゃんのためにも頑張らなくっちゃ）

親身になってたどたどしい会話に付き合い、本職の講師である理佳子よりも、丁寧に教えてくれる。その恩義に報いたい気持ちもあったが、それ以上に、彼女ともっと心を通わせたかった。

ごく普通のやりとりなら、美梨が日本語を話せるので問題はない。だが、細かなニュアンスまでは伝わりにくい。さらに込み入った、それこそ感情レベルのことになると、一方のみの言語力を頼りにしては難しい。

きちんと思いを伝えたい。彼女のことを理解するために、互いにわかり合うために、俊三は中国語をしっかり学ぼうと思ったのである。

美梨との会話レッスンは、最初に決めたとおり、彼女の部屋で行なわれた。一時間のあいだ、なるべく日本語を使わないよう心がけ、身近なテーマで話をするのだ。

それが終わると、あとはふたりっきりのプライベートな時間になる。身を寄せ合ってお茶を飲み、まったりしたひとときを過ごす。ときどきキスを交わしたけれど、関係がさらに進むことはなかった。

初日に、いきなりペニスを愛撫され、足を舐めたのである。成り行きでそうなったとは言え、やはり性急すぎたのではないかと、俊三は後悔した。本当に大切な女の子だとわかったから、しっかり愛情をはぐくみたかったのだ。

それは美梨のほうも同じだったらしい。キスはうっとりして受け入れるものの、マットレスに寝転がって抱き合い、股間のふくらみが下腹部や腿に触れたりすると、焦って腰を引いた。あのとき、自ら牡の猛りを握ったのが嘘のように。やはり、やりすぎたと悔やんでいるのだ。

最初からやり直すつもりで、少しずつ進んでいこう。話し合ったわけではなく、ふたりは暗黙のうちに性的な戯れを封印したのである。

もちろん、ソックスや足の匂いも嗅いでいない。

時おり、処女の手で昇りつめたときの狂おしい快感が蘇り、しごかれたくなる。けれど、俊三は欲望を抑え込み、決して悟られないよう気をつけた。

そうして、ふたりのときには穏やかで、和やかな時間を過ごしたのである。

本当は週に二回だけでなく、もっと会いたかった。けれど、俊三は仕事があるし、中国語スクールにも通っているのだ。

一方、美梨も大学や卒論がある。さらに、生活費や学費を稼ぐため、他にもアルバイトをしていた。なかなか時間が作れないのが実情だった。

「たまには外で食事とかしたいね」

会話レッスンのあとのひとときに、俊三が何気なく言ったことに、美梨は「んー」と首をひねった。

「だけど、そういう時間があったら、わたしが家でご飯を作ります。そのほうが

「お金がかからないですから」

あくまでも倹約家の中国娘である。

「料理、得意なの？」

「得意ってほどじゃないです。たぶん普通です」

それでも手料理を振る舞いたいのは、好きな男に食べてもらいたいという女心ゆえなのか。それに、普通というのは謙遜で、実は腕に自信があるのかもしれない。

「作るとなると、やっぱり中華料理？」

「そういうのは意識したことがないです。作れるのは、母や祖母が作って、家で食べていたものと同じです。わたしは母に料理を教えてもらいました」

なるほどと、俊三は思った。自分も多少は自炊をするけれど、日本料理だの和食だのと意識することはない。魚をおろすこともできないのであり、本格的な日本料理など作れない。

「じゃあ、外食ってしないの？」

「中国では、よく外で食べました。安かったから。だけど、日本の中華料理は高いし美味しくないって、中国人の友達はみんな言ってます」

ラーメンや餃子がメインの食堂なら、安く食べられると思うのだが。しかし、本格的な中国料理を出す店となると、たしかに高い。それこそ中華街あたりの高級店は、値段も高級だ。

ただ、美味しくないなんてことはないと思うのだが。

「日本の中華料理は、そんなにまずいのかな？」

「まずいってことはないと思いますけど、実は、わたしはよく知らないんです。友達が言ってたので。ただ、中国で日本料理を食べると、日本のものと違うから、それと同じなんだと思います。日本の中華料理は、たぶん日本の味になっていて、中国の味とは違うんですよ」

中華料理は日本も中国も同じだと思っていたから、俊三は驚いた。そもそも、厨房に中国人が入っている店だって、けっこうあると思うのだが。

ただ、テレビなどで、海外の珍妙な日本料理店が紹介されることがある。その国のひとびとに食べてもらうために、素材や味付け、さらには調理方法も変えれば、違った料理になるのは避けられまい。

そうすると、中華料理も同じように、日本人に合わせたものになっているということか。

（ということは、おれは中国に行ったら、日本人向けじゃない中華料理を食べることになるんだよな）

いったいどう違うのだろう。行ってからショックを受けたり、何も食べられなかったら困る。できれば事前に知っておきたい。

「ええと、日本には美味しい中華料理の店ってないのかな？　美味しいっていうか、中国で食べるものと同じものが食べられるところ」

「はい、ありますよ」

美梨があっさりとうなずいたものだから、俊三は思わず身を乗り出した。

「え、どこ？」

「池袋にいい店がたくさんあると聞きました。北口のほうです。中国人がたくさんいるので、美味しい店が多いそうです」

「へえ」

「あと、料理で使うものを売る店もあります。日本のものでなく、中国のものです。わたしは、中華料理の店には入ったことがないですけど、料理の材料はそこで買ったことがあります」

なるほど、同郷の人間が多ければ、本国と同じ味のほうが好まれるだろう。

「中華街はどうなんだろう？」

「んー、美味しい店もあるそうですけど、友達の話では、そんなに多くないみたいです。あそこは日本人がたくさん行きますから」

どうやら、本場の中華を味わうのなら、池袋の北口がよさそうである。そこなら近いし、こちらとしても好都合だ。

「特にここがいいっていう店はあるのかな？　中国で食べるのと同じ味の料理が出るところ」

「ええと……あ、ちょっと待ってください」

机の横に置いてあったバッグから、美梨が財布を出した。お金はあまり入ってなさそうであるが、レシートやクーポン券がかなりある。

そこから折り畳んだメモ用紙を探し出した。

「これ、友達に教えてもらったお店なんです。わたしはまだ行ったことがないですけど、とても美味しいと言ってました」

メモには掠れた鉛筆の文字で、店の名前と住所が書いてあった。

「そうか……じゃあ、ここに行ってみようかな」

「あ、それじゃ、このメモあげます」

「え、メイちゃんは行かないの？」

「わたしはいつも家で食べますから」

外食は贅沢だと考えているのか。けれど、そんなに美味しい店だったら、連れていってあげたい。卒論やバイトで忙しく、夏休みも中国に帰れなかったと言っていたからだ。

「じゃあ、おれがまず行ってみて、本当に美味しい店だったら、ふたりで行こうよ」

笑顔で誘うと、美梨が「え、でも――」と口ごもる。また奢らせることになったら悪いと思ったのだろう。

しかし、食べてみたいという気持ちもあったようだ。俊三が「ね、いいよね」と念を押すと、恥ずかしそうにほほ笑んでくれた。

3

地図アプリで検索したところ、くだんの店の場所はすぐに判明した。次の日曜日、俊三はさっそくそこへ行くことにした。

池袋駅の北口を出て、繁華街からすこし離れたところにある、平和通りという街路を進む。ひと目見て、ピンフ通りかと思ったのであるが、普通に「へいわ」通りと読むようだ。中華料理の店が目当てだからといって、通りの名前が麻雀用語とは限らない。

ともあれ、夕闇が迫る中を二百メートル近く歩いて、目的の店を発見する。

【中国家郷料理　萬珍香】

大きな赤い看板に書かれた店名に、俊三は怖じ気づきそうになった。ただの中国料理でなく、「家郷」という言葉が加わっただけで、《ここは中国人専用だよ。日本人は入れないよ》と、門前払いをされている気になったのだ。

(日本人のお客はいるのかな?)

外のメニューに、いちおう日本語が書いてある。しかし、中国人が好む本場の味となれば、日本人には馴染みがないわけだ。それに、中国人が多くいれば、日本人は二の足を踏むだろう。

やっぱりやめようかと思ったものの、むんと意気を漲らせる。

(おれは中国で暮らすんだぞ。この程度で怯んでどうする)

現地に行ったら、それこそ中国人だらけなのだ。むしろいい練習になる。

そう考えて、入ることに決めたものの、もう一度店の名前を見て顔をしかめる。

(それにしても、まんちんこうって……)

もちろん中国語では、読み方が異なるはず。しかし、マンとチンの香りというダブルパンチに、あれこれ想像しそうになった。

(ま、べつにエロくてもかまわないさ)

ひょっとしたら、何かいやらしいサービスがあるかもとあり得ないことを期待し、それを勇気に変えて前へ進む。暗いガラスの自動ドアが、低い唸りをたてて開いた。

(わ——)

店内をひと目見て、俊三は圧倒された。

やや薄暗いそこは意外に広く、十人は座れそうな横長のテーブル席が左右に五組、合計で十組あった。そして、すでに半分が埋まっている。

圧倒されたのは、お客のいるテーブルはどれも大人数で、しかも明らかに日本人ではなかったからだ。

見た目は同じ東洋人である。顔立ちも日本人と大きく変わるところはない。だが、具体的に説明しづらいものの、印象というか雰囲気が異なっている。

それに、聞こえてくる声高な会話は、明らかに日本語ではなかった。

(やっぱり日本人はいないのか？)

まさか店員も中国語しか話さないのだとか。そうなったら、最悪メニューの写真を指差すしかない。

見ると、入ってすぐのところに、四人掛けのテーブルがひとつだけある。俊三はそこに坐った。端に置いてあったファイルタイプのメニューを広げたところ、料理名がすべて中国語だったものだから焦る。当然、ふりがななどついていない。

(うわ、これは読めないぞ)

しかし、有り難いことに写真付きで、しかも番号がふってある。料理の説明は日本語で添えられていたから、名前は読めずとも番号を言うか、指を差せばいいのだ。

それから、値段がちゃんと日本円であったことにも安堵する。ひょっとして中国通貨の元で支払うのかと怯えていたのだ。

(ええと、店員さんは……)

席に呼び出しボタンがないから、声をかけねばならない。

見ると、奥の厨房と客席を行き来しているのは、二十歳ぐらいの若い娘がひとりだけのようだ。今も先に来ていたお客に呼び止められ、注文を受けている。

そのやりとりが耳に入り、俊三はドキッとした。店員の娘が話しているのは、かなり流暢な中国語だったのだ。

(じゃあ、あの子は中国人なのか)

そうすると、日本語が通じないかもしれない。ちゃんと注文できるのかと心配になる。メニューを指差せばいいのだが、言葉が通じないとやはり不安だ。

注文を厨房に通した娘が、振り返って店内を見回す。俊三に気がつくと、トレイに水とオシボリを載せてやって来た。

(あ、まずい)

注文を決めなくちゃと、焦ってメニューを見る。そのとき、

「いらっしゃいませ」

カタコトではない、ごく自然な日本語の挨拶が聞こえて(え?)となる。見あげると、目の大きなあどけない風貌の娘が、ニコニコと無邪気な笑顔を向けていた。

短パンにTシャツというラフな服装に、胸当て付きのエプロンというスタイル。胸には名札をつけており、「後藤清香《ごとうきよか》」とフルネームが印字されていた。

「え、日本人なの？」

緊張から一転、脱力して訊ねると、彼女は「ええ、いちおう」と答えた。

「そうなんだ……いや、さっきあっちのお客さんたちと、中国語で話しているのが聞こえたものだから、てっきり」

「中国人だと思った？」

清香がクスクスと笑う。ひとなつっこい性格のようで、こういう接客の仕事に向いていると言えよう。

「うん。実はそうなんだ」

「まあ、半分は当たってるんですけどね。あたし、父が中国人なんです」

「あ、そうなんだ」

「はい。今、奥で料理を作ってます」

「じゃあ、ここはお父さんの店？」

「そうですね。経営は母といっしょにしてますけど」

つまり、この店の娘ということだ。

「じゃあ、お父さんは中国から来て、お母さんの婿になったってこと？」

それで後藤という日本の姓なのかと思ったのである。しかし、そうではなかった。

「ああ、国際結婚だと夫婦別姓なので、お婿さんとかそういうのはないですよ」

「え、そうなの？」

「はい。それに、中国も夫婦別姓ですから」

それは知らなかったので、俊三は「へえ」とうなずいた。

「ただ、子供の国籍はどちらかになります。あたしは日本国籍なので、母の姓になってるんです」

清香がにこやかに説明した。同じような質問を、日本人のお客にされたことが過去にもあったのではないか。こちらの疑問はすべてお見通しというふうだ。

(ひょっとして、萬珍香っていう店の名前は、清香ちゃんの名前から字を取ったのかもしれないぞ)

だとしたら、卑猥な連想をして悪かったなと、心の中で謝る。

「だけど、日本語も中国語もペラペラなんてすごいね」

感心すると、彼女は照れくさそうに首を縮めた。

「あたし、五歳ぐらいまで中国で育って、日本に来てからもたびたび向こうに帰ってましたから、自然とどっちの言葉も身についたんですよ。家でも、父とは中国語で、母とは日本語で話すことが多いです」

それなら両方話せて当然だろう。生粋のバイリンガルということだ。

「じゃあ、今は店のお手伝いをしているの？」

「そうですね。本当は勉強しなくちゃいけないんですけど」

「勉強ってことは、大学生？」

「いえ、浪人生です。受験に失敗しちゃって」

清香がてへっと舌を出す。そんなことまで簡単に打ち明けるとは、かなり社交的でおしゃべり好きらしい。

ともあれ、そうすると十九歳なのか。

「でも、勉強の合間にもお手伝いなんて偉いね」

「まあ、手伝いとはいっても、バイト代はちゃんともらってるんですけど」

そこまで言って、仕事中であることを思い出したらしい。

「あ、ご注文――ええと、飲み物はどうしますか？」

「ああ、えと、ビールを」

「生と瓶がありますけど」

「瓶……ひょっとして、中国のビールもあるの？」

「はい。チンタオビールですけど」

漢字だと「青島」と書くその銘柄は、俊三も聞いたことがあった。

「じゃあ、それを。あと、料理は――」

メニューを見ようとして、ふと思い立つ。

「あ、お願いしてもいいかな。お勧めの料理を持ってきてほしいんだけど」

「え？」

「実は、おれ、来年の春から中国に転勤することになってるんだけど」

この店に来た理由を簡潔に説明すると、愛らしい娘が納得顔でうなずく。

「わかりました。それじゃあ、なるべく品数が多い方がいいですね。ひと皿五百円の小さいサイズの料理がありますので、とりあえず四皿ぐらい持ってきます。ええと、辛いものは平気ですか？」

「うん。けっこう好きなほうかな」

「それじゃ、少々お待ちください」

清香が去ってから、俊三はオシボリで手を拭き、水をひと口飲んだ。

（いい子がいる店でよかったな）

彼女のおかげで、美味しい中国料理が味わえそうだ。間もなく、

「お待たせしました」

清香が戻ってくる。トレイにはビールの小瓶とグラス、それから料理もひと皿載っていた。

「青島ビールです。それからこちらは前菜で、ピータンと蒸し鶏と牛のすね肉です」

ひと皿に三種類の前菜が盛られたものに、俊三は頬を緩めた。

「ああ、本当に美味しそうだ」

「ごゆっくりどうぞ」

ぺこりと頭を下げた娘が去ると、まずはグラスにビールを注ぐ。瓶が緑色なのは、青島の青と関係あるのかなと、チラッと思いながら。

(なるほど、これが……)

ひと口飲んでうなずく。苦みよりもすっきりした甘みを感じる、実に飲みやすいビールだ。

(そう言えば、メイちゃんが中国の飲み物は甘いものが多いって言ってたな)

だからと言って、ビールに砂糖を入れることはあるまいが。

前菜は、蒸し鶏と牛すね肉はすぐにそれとわかった。俊三の気を惹いたのは、白身部分がコーヒーゼリーみたいになっている、半月型にスライスされた卵――ピータンであった。

名前は知っていたし、独特の匂いと味がするという話も聞いていた。けれど、現物を見るのは初めてだ。

割り箸で摘まんでみると、藍色の黄身は中心部分がドロッとしている。口許に運ぶと、チーズのような悩ましい匂いが感じられた。

「う……」

怯んだものの、そんなことでどうすると自らを叱りつける。せっかく清香が持ってきてくれたのだからと、思い切って口に入れた。

独特の匂いが口の奥から鼻へ抜ける。その瞬間は後悔したものの、食べてみたら意外と悪くなかった。

(あ、こういう味なのか)

ひとりうなずく。半透明の白身部分はあっさりしているが、黄身のほうは味も舌触りもチーズっぽかった。それも、かなり発酵の度合いが高いものに似ている。

匂いも味も、確かにクセはある。けれど、それがこの食べ物の魅力なのだと素直に感じられた。もともと好き嫌いがないせいもあったろう。

そして、前にも似たものを味わったなと考えて、すぐに思い出す。理佳子の洗っていない秘部を舐めたときのことを。

ピータンと女性器が同じ風味だというわけではない。万人受けしないかもしれないが妙に惹かれるという特徴が、生々しい牝臭を思い起こさせたようだ。

ただ、ほんのりアンモニアっぽいところは、似ているかもしれない。

（だから中国人は、これが好きなんだとか）

足の匂いを好むぐらいなら、あり得るかもしれない。などと、失礼な決めつけをする。

あとの二品、蒸し鶏は皮がついていてもあっさりしており、それでいて肉の旨味が濃厚だった。牛すね肉はこれまでにたべたことのない味で、じっくり噛み締めたくなるほど美味しかった。

ビールを飲みながら前菜に舌鼓を打っていると、次の料理が運ばれてくる。

「ふくろたけと青菜の炒めに、ラム肉の串揚げです」

「あ、ありがとう。ビールをもう一本もらえる？」

「はい。ありがとうございます」

炒め物はあっさりした味付けであった。それゆえに、何味なのかがわからない。

醤油でないことは確かだが、塩だけの味でもなさそうである。とにかく、普通の中華風食堂で食べる野菜炒めとは、まったく異なっていた。ごく一般的なカレーライスと、インド料理店で食べるカレーぐらいの違いがある。

(そうか。これが日本風中華と、本場中華の違いなんだな)

なるほどと納得させられる。

串揚げはお皿に三本載っていた。見た目は正体不明の肉という感じか。

ラム肉は、ジンギスカンで食べたことがある。クセのある肉で、正直あまり好きになれなかった。安い店だったせいもあるのかもしれない。

ところが、これはそのクセが、味付けでしっかりと生かされている。しかも三本とも味が異なっており、ビールによく合ったのだ。

香辛料もかなり使われているが、辛さはあまり感じない。にもかかわらず、額に汗が滲んでくる。からだが芯から熱くなるようだった。

三本目のビールを注文し、運ばれてきたものをあらかた平らげたところで、四皿目が到着した。

「カニの麻辣《マーラー》炒めです。まだ食べたいようでしたら、呼んでください」

「ありがとう。食べたもの、みんな美味しかったよ」

「うふ。気に入っていただけてよかったです」

清香が口許をほころばせる。あどけない笑顔に、俊三の胸ははずんだ。

野菜に肉、そして海鮮と、彼女は異なった食材の料理を出してくれた。いろいろなものを味わえるようにという配慮なのだ。心遣いに感謝しつつ、さっそくカニの炒め物をいただくことにする。

豪快に殻ごとぶつ切りにされたカニと、ピーマンとネギを炒めたもの。カシューナッツも見える。麻辣炒めの名の通り、唐辛子がかなり入った辛そうなものだ。匂いにもツンとした成分が混じっていた。

実際、口に入れると、舌にかなりの刺激を受けた。辛さと、それから熱さと。そして、実にうまい。

カニの身だけを取って料理したような、上品なものではない。おかげで、食べ方も自然と荒くなる。硬い殻ごとしゃぶって身をすり出し、残りを吐き出す。そうやって夢中になって食べているとき、ふと不思議な香りと味を感じた。

（ん、なんだこれ？）

よくよく見ると、料理の中にミツバみたいな香味野菜が入っている。だが、ミツバとは明らかに違う。唐辛子に紛れて気づかなかったが、かなり独特な風味だ。

セリの香りを強くして、セロリやパセリを混ぜた感じだろうか。

気になって、俊三は清香を呼んだ。

愛想のいい笑顔とともにやって来た彼女に、くだんの香味野菜の正体を訊ねる。

「何でしょうか？」

「ああ、それはシャンツァイです」

中国語らしい耳慣れない言葉に、俊三は「え？」と訊き返した。

「香りの菜と書くんですけど、日本語だと『こうさい』ですね。あと、コエンドロとかパクチーとかコリアンダーとか、国によっていろいろな呼び方があるみたいです」

コリアンダーは、俊三も聞いたことがあった。たしかカレーのスパイスではなかったか。そちらは葉っぱではなく、種か何かを使うのかもしれない。

「かなりクセがあるから、日本の中華料理ではほとんど使われてないと思います。あたしの友達にも、ウチの料理は好きだけどシャンツァイはダメっていう子、けっこういますから。でも、中国ではかなりの料理に使われますよ」

「へえ」

「あたしは、中国の野菜では、これがいちばん好きです。家でも栽培してるんですよ」

「え、畑があるの？」

「いいえ。庭で簡単に作れるんです」

そこまでするということは、本当に好きなのだ。

「うん、たしかにクセがあるけど、おれもけっこう好きかもしれない」

「え、本当ですか？」

「少なくとも嫌いじゃないよ」

無理をして清香に合わせたわけではない。もともと香りの強い野菜が好きだったのだ。ただ、その中でも香菜は群を抜いているが。

「うれしいです。シャンツァイが好きなひとが日本にもいてくれて」

彼女はニコニコしている。よっぽど嬉しかったようだ。

「あ、まだお料理を召し上がりますか？」

「そうだね。また辛いのがいいかな」

「わかりました。ビールはどうしましょう」

「うん。一本いただくよ、清香ちゃん」

酔ったせいもあるのだろうか、つい馴れ馴れしく名前を呼んでしまう。すると、彼女はびっくりしたように目を丸くした。

けれど、すぐにチャーミングな笑顔を見せてくれる。

「はい。かしこまりました」

清香が奥へさがる。それも、スキップでもしそうな軽い足取りで。

(可愛いな)

俊三も自然と笑顔になった。

4

(——あれ?)

目が覚めると、そこは見知らぬ部屋であった。畳敷きの和室で、家具の類いが見えないから客間なのか。俊三は中央に敷かれた蒲団に寝かされていた。

そして、からだが妙に熱い。

(……ええと、何があったんだっけ?)

ぼんやりする頭で、記憶をほじくり返す。

美味しいと評判の中華料理の店「萬珍香」で、店の娘である清香が選んでくれた料理に舌鼓を打っていたのである。カニの麻辣炒めのあと、追加で持ってきてもらった揚げ豆腐と青唐辛子の炒め物がまた絶品で、ビールをさらに追加したところまでは憶えている。

(うん……あれは旨かったよな)

思い出すだけで、また食べたくなる。清香が細かく刻んだ香菜を持ってきてくれて、それを加えたことで風味がさらによくなったのだ。

(ひょっとして、飲み過ぎてぶっ倒れたのか?)

ビールを四、五本は空けたはず。だが、小瓶だったし、それほど酔っていなかったと思うのだが。

ただ、青島ビールは初めてだったのだ。飲みやすさと料理が美味しかったせいで、ぐいぐいと続けざまに飲んでしまった。ひょっとしたら、アルコール度数がかなり高かったのだろうか。

(——いや、そんなはずはないか)

決して酒に強いわけではなく、他に思い当たるフシはないから、やはり酔いつぶれたと見るべきだろう。そうすると、ここは店の奥の部屋ということになる。泥酔したものだから、運ばれてきたようだ。

（まったく、何をやってるんだよ）

清香やご両親に迷惑をかけたに違いない。調子に乗って飲み過ぎた自らを恥じ、蒲団の中で身悶えしていると、部屋の襖がすっと開いた。

「あ、目が覚めたんですね」

安堵の表情を見せたのは、清香であった。エプロンをはずし、Tシャツと短パン姿になっている。店のほうは誰かと交代したのか。

ともあれ、醜態を見られたのは間違いあるまい。合わせる顔がなくて、俊三は掛け布団を鼻の下まで引っ張りあげた。

ところが、彼女は部屋に入ると襖を閉め、すぐ脇まで膝を進めてくる。

「だいじょうぶですか？」

顔を覗き込まれ、目を泳がせながら「う、うん」と返事をする。さっきから熱かったからだが、ますます火照るようだ。

そのとき、いきなり清香が瞳を潤ませたものだから、俊三はドキッとした。おまけに、

「ごめんなさい……」

と、つぶやくように謝られたのである。

「え、何が？」

　訳がわからず訊ねると、愛らしい娘がクシュンと鼻をすする。

「お客さんが倒れたのは、あたしのせいなんです」

「倒れた……え、飲み過ぎたんじゃなくて？」

「違います。あたしがお料理に、あれを入れたから」

　毒を盛られたのかと焦ったものの、こうして生きている。それに、彼女は明らかに心配しているから、殺そうとしたわけではあるまい。そもそも殺される理由がない。

「えと……何を入れたの？」

「スパイスです。前に父が、出入りの業者さんと話していて、これをかけると味が格段によくなるって絶賛していたものがあるんです。それに、血行がよくなって、からだにもいいんだそうです。ただ、かなり高価だから、お店の料理には入れてなくて、お父さんが個人的に使ってました」

「じゃあ、それを？」

　清香がコクリとうなずく。

「お客さん、あたしが選んだ料理を美味しいって喜んでくれて、とてもうれしかったんです。シャンツァイも気に入ってもらえて……だから、もっと美味しくしてあげようと思って、こっそりそのスパイスをかけたんです。だけど、入れ過ぎちゃったみたいで。量を加減しなくちゃダメなんだって、お父さんに叱られました」

そうすると、スパイスが効きすぎて倒れたということなのか。

(うん、たしかに旨かったな)

もともと美味しい料理が、そのスパイスのおかげで味わいがいっそう増したようだ。しかし、それだけのことでどうして倒れるのだろう。

「あたしは知らなかったんですけど、お酒を飲んでるときに食べるのもダメなんだそうです。アルコールとスパイスの相乗効果で、血の巡りが良くなりすぎるからって」

そうすると、血が過剰に回りすぎて、体内に異変を来したということか。要はからだがオーバーヒート状態になったということかもしれない。

(さっきからからだが熱いのは、そのせいなんだな)

スパイスの効果が持続しているらしい。まあ、何事もなく済んだようだし、親切心でした彼女を責めるつもりは毛頭ない。

「気にしなくていいよ。ちょっと気を失ったぐらいで、べつに何ともなかったんだから――」

そこまで言ったところで、突如下半身に激痛が走った。

「いたたたたたッ！」

俊三は堪え切れずにのたうち回った。いったい何が起こったのか、さっぱりわからないものだから、不安にも苛まれる。いや、ほとんど恐怖に近かったであろう。

「え、どうしたんですか⁉」

清香が慌てて掛け布団を剝がす。どこが痛むのか確認しようとしたらしい。

俊三も自身の有り様を目で確認し、ようやく気がつく。いつの間にか、シャツとブリーフのみの姿にさせられていたことに。ゆっくり休めるように、服を脱がしてくれたのか。

しかし、そんなことはこの際どうでもよかった。

（な、なんだ⁉）

痛みも忘れるほどに驚愕する。ブリーフの股間が、信じられないほど大きく盛りあがっていたからだ。激しい痛みは、ペニスが限界以上に膨張したことで生じたらしい。

「あ――」

清香も驚きをあらわにする。大きな目をさらに見開き、下着を突き破らんばかりの猛々しい隆起を凝視した。

血行が良くなりすぎて、海綿体が過剰に血を集めたのか。このままでは男のシンボルが破裂するのではないかというぐらいに、脈打ちもあからさまである。

その状態は、浪人生の女の子にも理解できたらしい。

「大変だわ」

清香がブリーフに手をかける。脱がされるのだとわかって、俊三は慌てた。

「ちょ、ちょっと――あ、いてててて」

またも痛みが走り、抵抗できなくなる。

「こんな痛むぐらいに大きくなっちゃったら、オチンチンが壊れちゃいますよ。早く小さくしないと」

「ち、小さくって……」

「精液を出せばいいんですよ」

ストレートに言われて唖然となる。射精すれば勃起がおさまることを、こんな若い娘が知っているなんて。

まあ、十九歳ならば当然か。

彼女はためらうことなくブリーフを脱がした。それでも、猛々しい肉器官があらわになると、さすがに息を呑む。

「すごい……」

俊三も目を瞠《みは》った。自分のモノとは信じられないぐらいに、分身がふくれあがっていたからだ。

（な、なんだこれは⁉）

ひと回り以上も太くなった筒肉は、色が赤紫に近い。血管もいつも以上に浮き出ていた。雁首の段差を著しくした亀頭など、ミニトマトから熟しすぎたプラムへと変貌していた。

たかがスパイスの量が多かったぐらいで、ここまでになるものだろうか。あるいは他に原因がと、半ばパニックに陥る。

とにかく、一刻も早く小さくしないことには、ペニスがパチンと音を立ててはじけるに違いない。猟奇的な場面がリアルに浮かび、俊三は背すじをブルッと震わせた。

「大変。すぐに出さないと」

清香が屹立をためらいもなく握る。途端に、下半身が気怠くなるほどの快さが広がった。

「くああ」

たまらず声をあげてしまう。蒲団の上でのけ反り、足の指でシーツを引っ掻いた。

二十歳前の、まだあどけない女の子に不浄の器官をさわられているのだ。こんなことをさせちゃいけないという背徳感もあった。

けれど、そんなことはどうでもよくなるほどに、気持ちよかったのである。

「あん、すごく硬い。壊れちゃいそう」

やるせなさげにつぶやき、清香が手を上下に動かす。それにより、悦びが爆発的に高まった。

「くはッ、あ——ううう っ」

俊三は腰をガクガクと上下させた。快美電流が目の奥ではじけ、下半身が甘く蕩けるようだ。

激しい勃起がペニスを感じやすくさせているのか。いや、そうではないと、間もなく悟る。彼女の手コキが巧みなのだ。

「気持ちいいですか？」

清香が首をかしげて訊ねる。その表情には、十九歳とは思えない余裕が感じられた。

「うーーうん」

声を詰まらせ気味にうなずくと、ニコッとほほ笑む。

「よかった。あたし、オチンチンをシコシコするの、けっこう得意なんです」

あからさまに述べられ、俊三はどういうことなのかと目をしばたたいた。美梨のように、明らかに処女という感じではなかったものの、無邪気で純真そうな女の子に見えたのに。

「まあ、エッチの経験は、まだ浅いんですけどね」

彼女が悪戯っぽく舌を出す。その間も、いたいけな手指は無骨な肉棒を摩擦し続けていた。

「あたし、同い年の彼氏がいたんだけど、高校卒業まではバージンでいたかったから、エッチはずっと我慢してもらっていたんです。でも、あの年頃の男の子って、とにかくヤリたい盛りじゃないですか。だから、ときどき手で出してあげてたんです。週に三回ぐらいですけど」

それはときどきではなく頻繁と言うべきだ。などと、どうでもいい突っ込みをする余裕もなく、俊三は喘ぎ続けた。手足をピクピクとわななかせながら。

ともあれ、それだけ経験を積んでいれば、うまくなるのも当然だ。どこを刺激すればいいのか、どこをどうこすればいいのか、知り尽くしているような愛撫である。

「結局、彼氏には高校を卒業してからバージンをあげたんですけど、そのあともエッチするんじゃなくて、手でばかりさせようとするんですよ。たぶん、自分は何もしないで楽だからなんでしょうね。だから、腹が立って別れちゃいました」

清香は憤慨の面持ちを見せたものの、これだけ気持ちいいのなら、やってもらいたくなるのは当然だ。セックスは男にとって、決して気持ちいいばかりの行為ではないのだから。もっとも、手の刺激に慣れすぎて、挿入では射精しづらくなっていたのかもしれないが。

(あ、まずい)

早くも頂上が迫り、俊三は焦った。

「あ、も、もうすぐ出るよ」

呼吸を荒ぶらせて告げると、「はい、いいですよ」とあっさり言われる。手の上下運動が速度をあげた。

（ああ、ホントに出る）

早く射精しないと、分身が使いものにならなくなる恐れがある。だから素直にほとばしらせればいいのであるが、ここに来てためらいが頭をもたげた。勃起具合からして勢いよく飛びそうだし、あちこち汚したら悪いと思ったのだ。

（せめて、ティッシュでもかぶせてもらわないと）

要請しようとしたとき、もう一方の柔らかな指が、予告もなく陰嚢に触れる。

「あああああッ！」

くすぐったい快さが絶頂を呼び込む。俊三は腰を上下左右に暴れさせ、めくるめく愉悦の極みへと追いやられた。

どぷッ――。

亀頭が爆ぜる感覚があった。続いて、蕩ける快さにまみれた分身が、牡のエキスをいく度も噴きあげる。

「あ、あ、出た。すごーい」

はしゃいだ声をあげながら、清香が手を休みなく動かし続ける。それは狂おしいままでの快感を牡にもたらしたものの、放精が終わったあとも過敏になった亀頭をヌルヌルとこすられ続け、悶絶しそうになる。

「も、もう、いい……」

息も絶え絶えに告げると、ようやく手がはずされた。

「はあー」

太い息を吐き出し、蒲団の上でぐったりと手足をのばす。何をするのも億劫で、俊三はずっと瞼を閉じていた。漂う牡汁の青くささを、物憂く感じながら。

「あ、ティッシュ」

やはり精液はあちこちに飛んだらしい。清香は胸元から太腿にかけて、広い範囲を薄紙で拭った。シーツも汚したかもしれないが、申し訳なくて確認できなかった。

ペニスはまだ萎えておらず、下腹にへばりついて脈打っているのがわかる。ただ、痛みは消えていた。清香が言ったとおり、射精して楽になったようだ。

後始末が終わったのを見計らい、恐る恐る瞼を開く。すると、顔を覗き込んでいた清香とまともに目が合った。

「あ——」

焦ったものの、つい見つめ合ってしまう。

「気持ちよかったですか？」

無邪気に訊かれ、「うん……すごく」と返事をする。

「だと思いました。精液がいっぱい出ましたから。それに、勢いもすごかったです。あたしの顔よりも高く飛んだんですよ」

笑顔で報告されても、居たたまれないばかりだ。けれど、彼女はさらに大胆なことを口にする。

「あたし、精液が出るところを見るのが好きなんです。なんか、生命の神秘って感じがするのと、見てるだけで、あ、気持ちよさそうって思うんですよね。彼氏のをシコシコしてあげたのも、あたしが射精を見たかったってところもあるんです」

その言葉が嘘ではなさそうに、清香は声を明るくはずませた。これではまるで、俊三のモノをしごいたのも、牡のほとばしりを見物するためだったかのようだ。

（まさか、訳のわからないスパイスを料理にかけたのは、こうなることがわかってたからじゃないよな？）

ペニスが大事《おおごと》になれば、大威張りで愛撫できると考えたとか。そんなことで無茶な勃起をさせられては、たまったものじゃない。

と、未だ猛ったままの牡器官を見て、清香が首をかしげる。

「さっきよりはいいみたいですけど、まだ大きなままですね」

サイズそのものは、いつものエレクト状態と変わらない。だが、色が紫っぽいままだ。すぐにでも再膨張しそうな気配がある。

「それに、ここもパンパンになってますよ」

彼女が手を差しのべたのは肉茎ではなく、牡の急所であった。

「あううっ」

俊三は全身を波打たせた。腰がブルッと震えるほどの、ムズムズする快さが生じたのだ。

「ここ、いっぱい溜まってる感じですね。これだと、またオチンチンが大変なことになるかもしれませんよ」

寝転がったままでは、玉袋がどうなっているのか見えない。しかし、さわられる感じからして、かなりふくれあがっているようだ。くだんのスパイスには、血行を良くするだけでなく、精力増強の効果もあるのではないか。

「もう一回、出したほうがいいですね」

ひとりうなずき、清香が再びペニスを握る。緩やかにしごかれ、手足の隅々にまで悦びが広がった。

「くはぁ」

俊三はただ喘ぐばかりだった。屹立を摩擦しながら、彼女は陰囊もすりすりと撫でていたのである。文字通り手玉に取られた状態だ。

5

そのとき、清香が顔を伏せる。赤く腫れた亀頭の真上に。

チロ——。

粘膜を軽く舐められただけで、鋭い快美が生じる。

「むふっ」

俊三は太い鼻息をこぼした。

頭部が温かい口中にすっぽりと含まれ、飴玉のようにしゃぶられる。陰囊と肛門のあいだ、蟻の門渡りがキュッとするような気持ちよさに、腰が自然と浮きあがった。

ところが、彼女はすぐに唇をはずしてしまった。

「フェラって難しいですね。あたし、彼氏にお口でしてあげたのは、バージンをあげたあとだったから、まだ慣れてないんです」

「いや……すごく気持ちよかったよ」

息をはずませて告げると、大きな目が嬉しそうに細まる。

「じゃ、またしてあげますね」

再び顔を伏せようとした清香に、俊三は「あ、ちょっと——」と、声をかけた。自分ばかりが奉仕されるのが、申し訳なく思えたのだ。

「え？」

「おれだけがされるのは悪いから、清香ちゃんにもしてあげるよ」

「……してあげるって？」

愛らしい十九歳がきょとんとした顔を見せる。

「おれも清香ちゃんのアソコを舐めてあげるよ」

「え、どうしてですか？」

予想もしなかった質問に、俊三は戸惑った。

「いや、そうすれば、清香ちゃんも気持ちいいだろうし」

ごく当たり前のことを言っても、彼女は眉をひそめただけであった。

「ひょっとして、クンニをされたことないの？」

「クンニ……クンニリングスですよね。それって、アソコにキスすることじゃないんですか？」

女性器への口唇愛撫を指す名称は知っていても、具体的な行為に関しては、浅い知識しか持っていないらしい。高校生のときからペニスを愛撫し、射精の瞬間を見ることが好きだったにしては意外である。

(愛撫じゃなくて、単なる親愛行為ぐらいにしか思ってないみたいだぞ)

知識が偏っているのは、まだ若いからか。ともあれ、フェラチオはしても、自身がねぶられる経験はないということだ。

「まあ、キスと言えばキスだけど、それだけじゃ気持ちよくないだろうし。あ、てことは、オナニーもしたことがないの？」

「えー、女の子はそんなことしませんよ」

きっぱり断言したところを見ると、本当にそう思っているらしい。大胆なようでいて、ある意味純情と言えるかもしれない。

「まあいいや。とにかく、本当のクンニをしてあげるから、下を脱いで」

「下を……」

怪訝そうに首をかしげながらも、清香はペニスを解放し、短パンに手をかけた。そして、中のパンティごと、ヒップからつるりと剝きおろす。

少しもためらうことなく下半身をあらわにした彼女に、俊三は気圧されるのを覚えた。見せることに抵抗がないということは、おそらく秘部を舐められても平気なのだろう。

たとえ、これまで経験がないのだとしても。

「それで、どうすればいいんですか？」

訊ねられ、ここはやはり一緒に舐め合うのがベストだろうと判断する。

「おれの上に乗ってくれるかな？　俯《うつぶ》せで、おれとは逆向きになって。そうすれば、いっしょに舐めることができるから」

「わかりました」

彼女は素直に返事をし、俊三の胸を膝立ちで跨ぐと、四つん這いの姿勢を取った。小ぶりだが、ぷりっとしてかたちの良いヒップを差し出して。

当然ながら、恥ずかしい部分が全開となる。

（ああ、これが――）

いたいけな華芯を目の当たりにして、胸が大いにときめく。清香のそこは秘毛が淡く、ほんのり赤みを帯びたもうひとつの唇が、ぷっくりした佇まいをあからさまにしていた。

合わせ目からわずかにはみ出すのは、淡い色合いの花弁だ。もともと色素の沈着が薄いようで、ちんまりしたアヌスも綺麗な桃色だった。

童貞を食いまくる詩絵の爛熟したそことは異なり、いかにも穢れない眺めである。しかし、すでに処女ではない。そう考えると、無性にやり切れなくなる。

(待てよ。彼氏のほうは、清香ちゃんにペニスをしゃぶらせたのに、自分は舐めなかったってことか?)

なんて身勝手な男なのか。別れて正解だったなと、俊三は決めつけた。

「あん、恥ずかしい……」

清香がつぶやき、美尻を小さくくねらせる。秘められたところを、まともに見られているのだ。まったく羞恥を覚えないわけがない。

そして、今になって、他のことも気になりだしたようである。

「あ、あたしのそこ、くさくないですか?」

俊三はさっきから、ほんのり酸っぱい匂いを嗅いでいた。汗とオシッコ、それからほんのりミルクっぽいフレーバーの混じったそれは、いかにも若々しい性器臭だ。もちろん、くさいなんて思うはずがない。

俊三は何も答えずに、あどけない桃尻を抱き寄せた。

「キャッ」

悲鳴が聞こえたのとほぼ同時に、柔らかなお肉が顔面に密着する。

むわん――。

蒸れた秘臭が鼻奥にまで流れ込む。酸味が強く、汗のエッセンスがほとんどのようだ。口許に当たる陰部はベタついていたものの、牡を頂上に導いたことで昂奮し、濡らしたふうではない。

(まだまだ子供なんだな)

愛しさが募り、俊三は恥唇にチュッとキスをした。それこそ、彼女が想像していたクンニリングスそのままに。

「やん」

顔に乗った双丘がピクッと震える。谷間が慌ただしく閉じて、牡の鼻を挟み込んだ。素直な性格が窺える反応だ。

もちろん、くちづけだけで終わらせるつもりはない。舌を出し、秘肉の合わせ目に差し入れる、ほのかにしょっぱいミゾを、慈しむように舐めた。

「くぅン」

清香が鼻にかかった声を洩らす。イヤイヤをするようにヒップが左右に揺れたが、俊三はがっちりと抱え込んで逃がさなかった。

「い、いいんですか？　そこ、洗ってないんですよ」

戸惑いを滲ませた問いかけにも答えず、舌を上下に往復させる。すると、柔らかな指が肉根に絡みついた。愛撫をするためというより、間が持たなくなって縋《すが》りついたふうである。

程なく、内側から粘っこい蜜が滲み出してくる。

(感じてるのかな？)

ただ、洩れ聞こえる喘ぎ声は切なげながら、はっきりした快感を得ているふうではない。気になって、俊三は舌をはずした。

「どう？」

訊ねると、彼女はハァハァと息をはずませ、

「……なんか、くすぐったいです」

と答えた。まだ若いし、オナニーもしていないということだから、肉体が充分

に発達していないのか。

「じゃあ、いっしょに舐めっこしようか。そうすれば、気持ちよくなるだろうし」

さしたる根拠もなく告げると、彼女はすぐに亀頭を含んだ。ペロペロと舐め回され、むず痒いような快さに鼠蹊部が甘く痺れる。

俊三も枕を首の下まで入れると、赤みを帯びた恥苑に舌を這わせた。

「ンふぅ」

清香の鼻息が陰嚢に吹きかかる。彼女は筒肉に回した指をシコシコと上下させ、一心に丸い頭部を吸いたてた。とにかく、早く射精させようとしているらしい。

(……やっぱり気持ちよくないのかな?)

一刻も早く責め苦から逃れようとしているふう。これではいけないと、俊三は恥割れを指で開いた。

淡いピンク色の粘膜が、霧を吹いたように濡れきらめいている。酸っぱいだけではない、なまめかしさを含んだ女の匂いが感じられた。はっきりした快感を得ていなくとも、若い肉体は情欲の火照りを帯びているようだ。

フードを剝き下げると、小さな肉芽が顔を覗かせる。途端に、チーズっぽい香ばしさがプンと漂った。全体に白いものがこびりついているから、匂いの源泉はそれだ。

(オナニーもしないから、ちゃんと洗えてないのかも)

そんなことを考えながら、恥垢にまみれたクリトリスに吸いつく。嫌悪感など少しもなかった。

「んんんッ!」

清香がおしりをはずませる。一瞬、秘芯全体がすぼまった。

やはりそこは敏感なのだ。俊三は舌先で恥垢をこそげ落とし、唾液に溶かして飲み込んだ。さらにチロチロと舐めくすぐり、成長途上の下半身にわななきを呼び込む。

「んっ、ンふっ、んんぅ」

もはやフェラチオをする余裕もなくなったらしい。亀頭を含んだまま、彼女は息づかいをせわしなくさせた。可憐なアヌスも、キュッキュッと収縮する。

(よし、感じてるぞ)

俊三はねちっこく舌を律動させた。ふくらんできた真珠に唇をつけ、ついばむように吸ったりもする。

「ぷはっ――」

とうとう清香がペニスを吐き出した。裸の下半身を小刻みに震わせ、汗ばんだ尻の谷間から甘酸っぱい匂いを漂わせる。

「お、お願い……それ、やめてください」

涙声で頼まれ、俊三は秘苑から口をはずした。

「え、気持ちよくないの？」

問いかけに、彼女は少し間を置いてから、

「気持ちいい……のかもしれませんけど、それよりも苦しい感じなんです」

刺激が強すぎて、感じるどころではないのか。これまでいじったことがないのなら、それも仕方あるまい。

ただ、膣口からは透明な蜜が溢れ、今にも滴りそうになっているのだが。

「ん、わかった」

細腰を捕まえていた手を離すと、清香が上からおりる。肩で息をする彼女の顔を見て、俊三は驚いた。頬が赤くなり、目がトロンとなっていたのだ。

（え、やっぱり感じてたんじゃないのか？）

乱れるのが恥ずかしくて、クンニリングスをやめさせたのか。しかし、そうではなかった。

「あの、お願いしてもいいですか？」

甘える口調に、俊三はどぎまぎした。

「うん。なに？」

「あたしとエッチしてください」

「ど、どうして？」

口に出してから、間の抜けた質問であることに気づく。すると、清香が妙に艶めいた眼差しを向けてきた。

「お客さんがいけないんですよ。アソコを舐められたら、中がすごくムズムズして、これが欲しくてたまらなくなったんです」

どうやらクリトリスへの刺激が、子宮を疼かせたらしい。この展開は予想していなかった。

彼女は俊三の腕を引っ張り、急かすように起こさせた。代わって、自分が蒲団に横たわる。

「ね、来て」

両手を差し出し、濡れた瞳で男を誘った。

（いいのかな……）

ためらいが頭をもたげたものの、
強引に手を引かれ、若い女体に覆いかぶさる。下半身のみとは言え、肌のふれあいに胸が高鳴った。

「早く、お願い」

清香は積極的に動いた。ふたりのあいだに手を入れ、いきり立つ牡棒を握る。脚を大きく開くと、中心へと導いた。

「こ、ここに――」

濡れた秘苑に亀頭をあてがい、縋る目で見つめてくる。あどけない印象が薄らいで、今や完全に女の顔になっていた。

粘膜同士の接点から、熱が伝わってくる。かすかに蠢くそこも、早く挿れてとねだっているかのよう。

（こうなったのは、おれのせいでもあるんだな……）

結合をせがむ潤んだ瞳に憐憫を覚え、俊三は小さくうなずいた。

「挿れるよ」

簡潔に告げ、腰をゆっくりと沈める。

入り口は狭かった。セックスそのものは、あまり回数をこなしていないような話だったが、たしかに事実なのかもしれない。

それでも、たっぷりと濡れていたおかげで、ふくらみきった亀頭をぬるんと受け入れた。

「あふ」

清香が悩ましげに喘ぎ、眉間にシワを刻む。もっと奥までと促すように、掲げた両脚を牡腰に絡みつけた。

「うう」

くびれを膣口で強く締めつけられ、俊三も呻いた。快さにまみれつつ、残り部分を深みへ送り込む。

ぬぬぬ——。

肉槍が狭穴をやすやすと貫く。ふたりの陰部が重なった。

「くぅーン」

甲高い嬌声があがる。若いボディがのけ反り、手足をピクピクとわななかせた。

(ああ、入った)

ペニス全体を柔らかな媚肉で包まれ、悦びが広がる。腰をブルッと震わせるなり、彼女がしがみついてきた。

「ね、動いて……」

「え？」

「オマ×コの中がムズムズするの。いっぱいかき回して」

卑猥な単語を口にされ、全身がカッと熱くなる。それだけ切なくなっているのだとわかった。

(こんなに若いのに、なんていやらしいんだ)

ただ、若いからこそ、欲求を素直に告げられるのだろう。

そのとき、俊三の脳裏に美梨の顔が浮かんだ。清香のいじらしさに胸打たれたことで、若い恋人のことが自然と思い出されたようだ。

だからと言って、今さらやめることなどできるわけがない。

(ごめん、メイちゃん)

心の中で謝り、分身を抜き挿しする。

ぬちゅッ——。

結合部がたてる淫らな粘つきが、たしかに聞こえた。

「あ、あ、それいいッ」

清香が色めいたよがり声をあげる。両手で俊三の二の腕を強く摑み、胸を大きく上下させた。

エッチの経験は浅いと言ったのに、膣感覚は充分に発達しているよう。なのに手コキばかりさせるから、彼氏に嫌気が差したのだろう。

俊三の推測は、けれど当たっていなかった。

「くうう、す、すごい……ああん、こ、こんなの初めてぇ」

狭膣を攪拌され、彼女が乱れる。膣奥を突かれると「う、うッ」と呻き、半裸のボディを波打たせた。

(こんなの初めてって……じゃあ、セックスで感じてたわけじゃないのか)

どうやらクリトリスへの刺激で性感が高まり、抽送でここまでの反応を見せるようになったらしい。もともと膣のほうで感じやすいタイプなのかもしれなかった。

ならばと、いっそう激しく腰を振って責め立てる。

「ああ、あ、感じる。くふぅうう、お、オマ×コがいいのぉ」

あられもないことを口走り、清香が摑んだ二の腕に爪を立てる。それも遠慮なく。かなり痛かったが、悦びが高まっている証しでもあった。

これならもうすぐイクのではないか。リズムを崩さないよう、一心に女芯を抉っていると、清香が「あっ、あ——」と切羽詰まった声をあげた。

「あああ、へ、ヘンに……ヘンになっちゃうぅうウッ！」

艶声を高らかに響かせるなり、全身を大きく波打たせる。直後に「はふッ」と太い息を吐き出し、あとはおとなしくなった。

「はあ、はぁ……」

深い呼吸を繰り返し、手足を蒲団に落としてぐったりとなる。

（イッたんだ）

俊三は彼女に体重をあずけないように気を配り、愉悦の余韻にひたる姿を見つめた。

瞼を閉じ、唇を半開きにした顔は、いたいけな女の子そのものだ。たった今、いやらしく昇りつめたばかりとは信じられない。

心地よい締めつけを浴びるペニスは、未だ強ばりきったままである。膣の中で脈打ち、自己主張をするものの、すぐにでもほとばしらせたいわけではない。

むしろ、気持ちは穏やかだった。あまり経験のない女の子を、初めてのオルガスムスに導けただけで満足だったのである。

清香が瞼を開く。焦点の合っていなさそうな目が、ぼんやりと見つめてきた。

「……あたし、どうなったんですか？」

舌をもつれさせて訊ねるのがいじらしい。

「たぶん、イッたんだよ」

「いった……」

考え込む面持ちを見せたあと、彼女はようやく理解したふうにうなずいた。

「いまのがイクっていうことなんですね」

感激の面持ちに、俊三はときめきを抑えられなかった。目をキラキラさせたあどけない表情が、たまらなくキュートだったのである。

「どんな感じだった？」

「えと、気持ちいいのがどんどん大きくなって、どうなっちゃうのかわからなくなったあと、全部がパーンってはじけたみたいになったんです」

そのときの感覚を、懸命に言い表そうとするのがいじらしい。

「そんなに気持ちよかったの？」

「はい。なんだかクセになっちゃいそうです」

素直な発言がほほ笑ましく、俊三は頰を緩めた。すると、清香が何かを思い出したふうに「あっ」と声を洩らす。

「どうしたの?」

「あの、オナニーでも、今みたいな感じになるっていうか、イクことができるんですか?」

「うん、たぶんね」

「そっか……あの、さっき、女の子はオナニーしないみたいなこと言ったんですけど、実はちょっとだけ試してみたことがあるんです」

「え、そうなの?」

「はい。ただ、どんなふうにすればいいのかわからなくて、下着の上からアソコをいじって、ぼんやりとは気持ちよくなったんです。でも、それだけだったので、焦れったくなってやめちゃいました。だから、オナニーをして気持ちよくなれるのは、きっとごく一部の、特別な女のひとだけなんだなって決めつけてたんです」

自慰経験に関してきっぱりと否定できたのは、自分はそういう特別な存在ではないと思ったからか。

「そんなことない、と思うよ。おれは男だから、はっきりしたことは言えないけど、オナニーをする女性はけっこういるって話だし、そのための道具も売ってるから」

「道具？」

「ああ、いや——とにかく、感じるポイントを集中してこするようにすれば、ちゃんと気持ちよくなれるんじゃないかな。ほら、おれが舐めたら、清香ちゃんが苦しいって言ったところがあったじゃない。アソコがいちばん感じるところだから、苦しくない程度に刺激してみればいいよ」

「はい。やってみます」

「ただ、清香ちゃんはアソコの中が感じるみたいだから、指を挿れたほうが気持ちいいかもね。あ、もちろん、オナニーの前にきちんと手を洗ってからだよ」

保護者気分で注意を与えると、彼女が照れくさそうに首をすくめる。それから、悩ましげに眉根を寄せ、腰をくねらせた。

「……お客さんの、まだ大きなままですね」

体内で脈打つものを感じたらしい。

「うん。おれはまだイッてないから」

すると、あどけない容貌に安堵が浮かぶ。

「あの、あたしのほうからエッチしてってせがんだのに、こんなことをお願いするのは、すごく身勝手だってわかってるんですけど……」

そこまで言って、清香は口ごもった。どう説明すればいいのかという困惑の表情で、目を泳がせる。

彼女が何を訴えたいのか、もちろん俊三は理解していた。

「わかってるよ。妊娠したら困るものね」

優しく言うと、ホッとした顔を見せる。

「すみません」

申し訳なさそうに謝った彼女に「気にしなくていいよ」と告げ、そろそろと腰を引く。強ばりが膣口からはずれ、勢いよく反り返るなり、

「ああーン」

残念そうな声が愛らしい唇からこぼれた。

「ね、ここに寝てください」

清香はすぐに身を起こし、交代して横になるよう俊三を促した。

仰向けになると、分身が天井を向いてピンとそそり立つ。そこにいたいけな指が巻きついた。白い濁りを、筒肉にたっぷりとまといつけたところに。

「また手で出してあげますね」

自信たっぷりの笑みを浮かべ、手を上下に動かす。淫液を潤滑剤にして、屹立をヌルヌルとこすった。

「うう、すごく気持ちいいよ」

「うふ、そうでしょ？」

得意の手指奉仕で牡を歓喜に漂わせ、陰嚢も優しく揉み撫でる。彼女にかかれば、どんな男も昇天だろう。

と、ペニスをリズミカルにしごきながら、清香が無邪気な笑顔を見せる。

「精液が出るところ、また見せてくださいね」

愛らしいおねだりに、胸がきゅんと締めつけられる。

「うん、いいよ」

「やった。それじゃ、いっぱい出るように、うんと感じさせてあげますね」

いたいけな指が、敏感なくびれ部分をくちくちとこすりあげる。俊三はたまらずのけ反り、「おおおっ」と声を上げた。

第五章　どこまでもふたりで

1

今日は中国語会話の日。夜には美梨に会えると、俊三は昼間からソワソワしていた。

すると、終業間際に部長から呼ばれる。

「ちょっと会議室まで来てくれ」

嫌な予感を覚えつつ、彼のあとに従えば、会議室に人事部長までいたものだから、ますます不吉な思いに囚われた。このメンツは、いきなり中国への異動を申し渡されたときと同じではないか。

(また何か無茶な命令をされるのか？)

もっとも、そのおかげで魅力的な女性たちと濃密な時間を過ごし、さらに美梨とも知り合えたわけである。丸っきり悪いことばかりでもなかった。

「この件はまだ公にできないので、くれぐれも内密に願いたい」

製造部長が、やけに物々しい口調で言う。いったい何なのかと、俊三の胸はドキドキと高鳴りっぱなしであった。

「実は、現在製造を請け負ってもらっている中国の工場だが、そことの取引を停止することになった」

「え、どうしてですか？」

「まあ、人件費や設備投資でコストがあがったこともあるし、それに、このあいだの返品騒動の件もあってな」

「ああ、あれですか」

俊三は納得してうなずいた。

人気アニメのキャラクターフィギュアを発売したところ、かなりの頻度で塗装がはみ出していたもの、仕上げ処理の甘かったものがあり、購入者からのクレームが殺到したのである。おかげで代替品を発送することになり、かなりの損失を被ったのだ。

「もちろん検品はしていたんだが、すべての商品をチェックすることは無理だし、おまけに工場の連中が、不良品を目立たないように紛れさせていたんだ。まあ、納期が早まって急がせたのは事実だが、事は会社の信用問題に関わるからな。そこで、今後は他の工場に依頼することにしたんだ」

「他のと言うと、中国の別の工場を探すってことですか？」

「いや、新たなところに頼む時間的な余裕がないから、中国のぶんはシンガポールの工場に委託することになった。ちょうど設備を拡大したばかりで、タイミングもよかったからな」

「それに、シンガポール支所にはすでに支所長がいるから、そっちも問題はない」

そう付け加えたのは人事部長だ。俊三は「あ、そうですか」と、深く考えもせずに相槌を打った。

それから、不意に気がつく。

「え、それでは、中国支所は？」

「閉鎖だ」

製造部長があっさりと言う。

「閉鎖――そうすると、僕の異動の話は？」

「白紙、ということになるかな」

人事部長がもったいぶった口調で述べた。

「まあ、今後、再び中国の工場と取引をすることになったら、支所の復活もあり得るだろう。しかし、当面は閉鎖だ。よって、雁谷君の異動もない。これも会社の方針だからやむを得んだろう」

製造部長の言葉は、自分のせいではないと責任転嫁しているようにしか聞こえなかった。

「ええと、では、中国語をおぼえる必要は……？」

恐る恐る訊ねると、ふたりの部長が顔を見合わせる。

「まあ、今後のためというか、自身のスキルを磨くために学ぶのは、いっこうにかまわんさ」

「ただ、会社からの補助は出ないから、そのつもりでな」

「え、そ、そんな」

「まあ、雁谷君には心配や苦労をかけたが、こういうのは宮仕えにはありがちなことだ。悪く思わないでくれたまえ」

「うむ。他言語を学ぶ、いい機会になったとでも思ってもらえれば、我々としては有り難いんだがね」

「そういうことだから、これからも製造部の一員として頑張ってくれ。期待しているぞ」

ふたりから口々に言われたことも、俊三の耳にはほとんど入っていなかった。

（まったく、中国に行けと言ったり、やっぱり中止だと取り消したり、勝手すぎるよ。こっちの身にもなれってんだ）

美梨のアパートに向かう道すがら、俊三は心の中で毒づいた。もちろん、本人たちの前で言えないからだ。

これが、異動命令が出てそれほど経っていないときだったら、よかったと胸を撫で下ろしたに違いない。しかし、今は状況が異なっている。中国語だって、せっかくやる気になって学んでいるというのに。

（勉強しろって命令したのはそっちなんだから、最後まで補助を出してくれたっていいじゃないか）

とは言え、必要でない経費を会社が出せるはずがないことも、重々わかっていた。

補助が出ないとなると、スクールは退校せざるを得まい。月謝が高く、自腹ではとてもやっていけないからだ。

けれど、美梨との会話レッスンまでやめるつもりはなかった。彼女のためなら、どれだけ高い時給を払っても惜しくない。何よりも会いたいし、ふたりだけの時間を過ごしたかった。

(メイちゃんは、おれの大切な恋人なんだからな)

そして、彼女のほうもそう思っている、はず。たかがレッスンの補助を出してもらえなくなったぐらいで、別れるつもりは微塵もなかった。

だが、ふたりの関係が長く続かないことにも、間もなく気がつく。なぜなら、美梨は大学を卒業したら、中国に帰ってしまうのだ。

「あ――」

そのことに今さら思い至り、俊三は足を止めて立ち尽くした。

彼女がいずれ本国に帰郷することは、もちろんわかっていた。けれど、自分も中国に行くのである。向こうで愛をはぐくめばいいと気楽に考えていたのだ。

しかし、異動がなくなった今、それは不可能である。おまけに、美梨は両親から、中国に帰ったら結婚するように言われているのだ。すぐに相手が決まることはないにせよ、日本にいる自分など、まるっきり蚊帳《かや》の外である。

(そんな……どうすればいいんだよ)

会社を辞めて、美梨についていて行こうか。いや、そんなことをしても、彼女に迷惑をかけるばかりだ。そもそも、自分みたいな男がいきなり現れたら、彼女の両親も困惑するばかりだろう。

と、なると、美梨が日本にいるうちに、結婚してしまうより他ない。こちらに永住するよう、彼女にお願いするのだ。

(でも、メイちゃんはうんと言ってくれるのかな……)

互いに憎からず思っているのは確かでも、彼女がそこまで決心してくれるかどうかはわからない。何しろ、異国の地でずっと暮らすことになるのだから。

(ていうか、メイちゃんはおれのことが好きなのか?)

こちらは好きだと何度も告げている。けれど、美梨は同じ言葉を返してくれただろうか。自信が持てないのは、はっきりと言われていないからかもしれない。

もちろん、好きでなければ射精に導くことも、足を舐めさせることもしなかったろう。それから、キスだって許してくれないに違いない。

だが、女性は「好き」と「愛してる」を明確に分けていると聞いたことがある。要は、好意と愛情は別物ということ。彼女は好意を持っているだけで、愛情までは意識していないとも考えられる。

だとすれば、結婚を申し込んでも断られる可能性がある。

(ああ、どうすればいいんだろう)

俊三はその場に足を止めたまま、悶々と考え続けた。

2

「はい、どうぞ」

中国語会話のレッスンのあと、いつものようにマットレスに座っていると、隣に腰を下ろした美梨が、カップに淹れたお茶を渡してくれる。

「あ……ありがと」

俊三はそれを受け取ると、何も考えずに口をつけた。

「あちちッ」

舌をやけどしそうになった挙げ句、焦ってカップを落としそうになる。

「だいじょうぶですか!?」

声をかけられ、「ああ、うん……ごめん」と謝る。だが、美梨は訝るふうに見つめてきた。

「わたしの出すお茶、いつも熱いのわかってますよね？　いきなり飲んだから、びっくりしました」

初めて飲むわけではないし、もちろんそんなことは承知している。だが、心ここにあらずだったため、つまらない失態を見せてしまったのだ。

「ごめん。ちょっとぼんやりしてたから」

もう一度謝ると、彼女がやるせなさげにため息をつく。

「雁谷さん、どうしたんですか？」

「え、なにが？」

「さっきのレッスンでも様子が変でしたし、何か違うことを考えてたんですか？」

やはりバレていたようだ。まあ、自分でもまずいなあと思っていたぐらいなのだから、見抜かれて当然だ。

（やっぱり、ちゃんと話さなくちゃいけないんだよ）

黙っていても、何も解決しないのだ。仮に不本意な結末を迎えようとも、とにかく事情を伝えないことには、どうなるのかなんてわからない。

俊三は覚悟を決めた。お茶のカップを床に置き、隣に座っている愛しいひとをじっと見つめる。

「な、何ですか？」

美梨は気圧されたふうにうろたえた。ところが、

「実は今日、会社の上司に呼ばれたんだけど……中国の工場との取引が、停止されることになったんだ」

事情を打ち明けたところ、きょとんとした顔を見せる。

「……はい」

相槌を打ったものの、こちらが伝えたいことを理解していないのは明らかだ。彼女の日本語能力が充分ではないこともあるのだろうが、外堀から話して相手にわかってもらうという我が国独特の伝達方法では、うまくいかないようだ。

ここはストレートに告げるしかない。

「つまり、おれが中国へ行く必要がなくなったってことで、中国語のレッスンに

も、会社の補助が出なくなったんだ」

「え、それじゃ——」

ようやく理解したらしく、美梨が驚きをあらわにする。それから、眼鏡の奥の瞳を潤ませた。

「雁谷さんは、もう……わたしの部屋には来ないのですか？」

そうであってほしくないという気持ちが伝わってくる質問に、俊三は胸にこみ上げるものを感じた。

（メイちゃんは、そこまでおれのことを——）

バイトの収入が減るからとか、そんな理由で悲しんでいるのではない。そのことははっきりとわかった。

「いや、来るよ。おれはメイちゃんと中国語でも話せるようになりたいし、少しでもいっしょにいたいから」

きっぱりと述べると、彼女は安堵したように表情を和らげた。しかし、問題はそればかりではないことに、すぐ気がついたようだ。

「あ、だけど、春になったら——」

そこまで言って、また泣きそうになる。無意識にだろう、俊三の腕をギュッと摑んだ。

「うん……このままだと、お別れってことになっちゃうんだけど」

口ごもるように告げると、美梨が首を横に振る。それだけは嫌だと、濡れた眼差しが訴えていた。

（メイちゃんも、おれと同じ気持ちなんだ）

そうとわかったことで勇気が湧く。ここは是が非でも、プロポーズをしなければならない。

「メイちゃん」

目を見て呼びかけると、彼女がビクッと肩を震わせる。俊三はひと呼吸置いてから、思いの丈を伝えた。

「おれと、結婚してほしい」

感激で目を潤ませた処女が胸に縋りつき、声を震わせて「はい」と返事をする
——と、そんな場面を想像していたのであるが、

「……どうしてですか？」

美梨が至って真面目な顔つきで、ストレートな質問をしてきたものだから、俊三は戸惑った。

（え、そこまでは期待していなかったってこと？）

考えてみれば、ふたりで会うのはこの部屋ばかり。デートもしたことがないのだ。なのに、いきなり結婚というのは、さすがに性急すぎたのか。

（てことは、まずは付き合ってくださいって言うべきだったのか）

先走りすぎたことを後悔した俊三に、彼女が質問を重ねる。

「どうしてわたしと結婚したいんですか？」

なんだか責められている気になり、ひたすら焦る。プロポーズさえすればうまくいくと、安易に考えていた自分が滑稽に思えてきた。

「ええと、あの——」

追い詰められた俊三は、咄嗟に思いついたことを口にした。

「ほら、今回おれが中国へ行くように命令されたのは、独身で身軽だからっていうのが理由だったんだ。だから、結婚さえしていれば、もう無茶に命令をされなくて済むじゃないか」

とりあえずそれらしい説明をでっちあげると、美梨が落胆をあらわにした。

「……そんな理由で、雁谷さんはわたしと結婚したいんですか？」

「え？　あ、いや……」

「つまり、わたしじゃなくてもいいってことになりますよね？」

悲しみを浮かべる処女。俊三は胸がチクッと痛むのを覚えた。

（何を言ってるんだよ、おれは……）

彼女が聞きたいのはそんなことではないと、ようやく気がつく。どこまで本気なのかを知りたいだけなのだ。

「ごめん。今のは違う。おれがメイちゃんと結婚したいのは、メイちゃんのことが大好きだから——愛してるからなんだ」

美梨がじっと見つめてくる。まるで、こちらの真意を探るかのように。それに怯むことなく、俊三は本当の気持ちを告げた。

「メイちゃんは、おれにとって大切な存在なんだ。おれはもう、メイちゃんなしでは生きていけない。ずっとそばにいたいし、いてほしいし、一生大切にしたいんだ。だから——」

彼女の手をギュッと握り、大きく息を吸い込む。

「おれと結婚してくれ」

「……はい」

掠れ声の返事を、俊三はたしかに聞いた。嬉しくて、天にも昇る心地であった。

「ほ、本当に？」

つい確認してしまうと、美梨がコクリとうなずく。

「はい。わたしはもう、ずっと前から、雁谷さんのお嫁さんになるつもりでいました」

彼女が恥じらって目を伏せる。そして、口早に言った。

「でなかったら、あんなことしません」

あんなこととは、キスのことを言っているのか。それとも、ペニスを愛撫して射精に導いたことか。だとすれば、出会って間もなく、そういう気持ちになっていたことになる。

（おれたちはきっと、出会うべくして出会ったんだ）

そうに違いないと確信できる。これは運命であり、必然なのだ。

「メイちゃん――」

呼びかけると、愛しい処女が顔を上げる。俊三は迷いなく彼女を抱きしめると、情愛を込めてくちづけた。

その日、ふたりの舌が初めて絡み合った。

3

美梨がバスルームから戻ってくる。素肌にバスタオルを巻いた格好で。眼鏡もはずしており、いたいけな愛らしさを湛えた容貌に、胸の鼓動が早鐘となる。

「あ——お、おれもシャワーを」

息苦しさを覚え、俊三はマットレスから立ちあがろうとした。すると、彼女が首を横に振る。

「いいんです。雁谷さんはそのままで」

部屋の主にそう言われては、押しのけてまでも我を通すわけにはいかない。さらに、

「脱いでください」

求められたことにも、従わざるを得なかった。

(だけど、いいんだろうか……)

ワイシャツのボタンをはずしながら、俊三は迷いを覚えた。これから美梨とセックスすることについてだ。

それすなわち、彼女のバージンを奪うことでもある。

行為を求めたのは美梨であった。結婚するのだから、約束がほしいと。それから、

『わたしを、雁谷さんの女にしてください』

と、真剣な表情でせがんだのである。

彼女を自分のものにしたいという思いは、もちろん俊三にもある。しかし、こんなすぐにとは考えていなかったし、あまりにも急すぎる。

そのため、ペニスも戸惑いをあらわに、縮こまったままであった。目の前に、雫の伝う肩や太腿をあらわにした、セクシーな処女がいるにもかかわらず。

（えぇい。なるようにしかならないんだから）

ほとんどヤケ気味で服を脱ぐ。残るはブリーフのみになったところで、俊三は手を止めた。

出会ったその日に、勃起した分身を見られている。それでも、すべて晒すことに抵抗を禁じ得ない。恥ずかしいというより、ひどく残酷なことをしている気になったのだ。

ところが、気にかけている相手に命じられる。

「早く脱いでください」

今にも泣き出しそうな声での要請に、ためらいを打ち消す。彼女は覚悟を決めているのであり、自分もそうすべきだと悟った。

俊三は、最後の一枚を脱いだ。それを待ちかねていたかのように、美梨がバスタオルをはらりと落とす。穢れなき肌が、すべてあらわになった。

細身のからだは色白で、服の上からも予想できたとおり、乳房は控え目な盛りあがりである。ちんまりした突起も、それを囲む乳暈も、淡いピンク色だ。ただ、腰は女らしく豊かに張り出している。ウエストから続くラインが、見事なくびれを描くほどに。

そして、下腹には漆黒の恥叢。湿ったそれが、逆三角形を描いている。

（素敵だ……）

胸が感動で震える。これまで目にしたどんなヌードよりも美しいと感じた。彼女はどこも隠そうとしなかった。男の前に立ち、おっぱいもデルタゾーンもさらけ出している。

目が潤み、頬が真っ赤だから、恥ずかしくないわけがない。それでも、すべてを捧げる相手には、何もかも見せなければならないと考えているのか。

「とても綺麗だよ、メイちゃん」

感動を込めて告げると、美梨が「うう……」と涙ぐむ。少しでも見られまいとしてか、脚を内股にした。

そんな反応がいじらしく、「おいで」と手招きする。すると、美梨がいよいよ堪え切れなくなったふうに膝を折り、胸に縋りついてきた。

（くそ、可愛いなぁ）

背中を撫でてあげると、クスンと鼻をすする。顔を上げさせて唇を重ねると、羞恥から逃れようとしてか夢中で吸ってきた。

そうして、くちづけを交わしたまま、ふたり重なってマットレスに横たわる。処女の肌はどこもなめらかで、ふれあうだけで気分が高まる。さっきまでのためらいは消え失せ、今はひたすら嬉しく、無性にジタバタしたくなった。

（うう、たまらない）

背中の手を下降させ、ヒップに触れる。ぷりぷりした肉感触に、胸の高鳴りが激しくなる。

（メイちゃんのおしりだ――）

おっぱいは控え目だが、こちらはなかなかのボリュームである。おまけに、最高のさわり心地だ。

そこばかりを揉み撫でていると、美梨が唇をはずす。悩ましげに腰をくねらせ、息をはずませた。

「か、雁谷さん……そんなにおしりが好きなんですか？」

なじる口調で訊ねられ、我に返る。

「え？　あ、いや──」

焦ったものの、手は丸みに添えられたままであった。あまりにもいい感触で、離すのがもったいなかったのだ。

「だって、メイちゃんのおしりが、とてもいい感じだから」

「……エッチ」

涙目で睨んだ彼女が、ふたりのあいだに手を入れる。

「じゃあ、わたしも雁谷さんの、さわりますからね」

そう告げるなり、牡のシンボルを握ったのである。

「あううッ」

俊三は呻き、腰を震わせた。そこはいつの間にか猛々しく膨張しており、清らかな指に逞しい脈打ちを伝えたのである。

「こんなに……」

悩ましげにつぶやき、筒肉をしごくバージン留学生。あるいは、それを自身の中へ迎え入れる場面を想像しているのか。

(よし、おれも)

俊三も彼女の中心へ指を忍ばせた。濡れた恥叢をかき分けて探ると、秘肉の裂け目に触れる。

(え?)

そこは蒸れた熱を帯び、じっとりと湿っていた。シャワーを浴びた名残ではない。なぜなら、指先が恥ミゾに沿ってヌルヌルとすべったからだ。

「あん」

美梨が艶めいた声を洩らし、若腰をわななかせる。咎めるように、肉根をギュッと握った。

「濡れてるよ。メイちゃんのここ」

「いやぁ、か、雁谷さん」

切なげな吐息をこぼす彼女に、愛しさが募る。すぐにでも結ばれたくなった。

けれど、その前に確かめたいことがある。

「メイちゃんのここ、見てもいい？」

許可を求めると、美梨はためらいを浮かべた。

「そんな……恥ずかしいです」

「わかってるよ。だけど、メイちゃんの初めてをもらう前に、見ておきたいんだ」

真剣に訴えると、彼女は戸惑いを残しつつもうなずいた。もっとも、

「でも、ちょっとだけですよ」

と、注文することを忘れなかった。

美梨から身を剝がし、開いた脚のあいだに膝をつく。さすがに目を合わせられないのか、両手で顔を覆った彼女に痛々しさを覚えつつ、晒された秘苑に顔を近づけた。

（……メイちゃんのだ）

縮れ毛に囲まれた恥唇は、藤色の花弁をはみ出させている。その合わせ目に、透明な蜜が溜まっていた。

シャワーを浴びたあとにもかかわらず、なまめかしい乳酪臭が漂ってくる。それだけ昂ぶっている証しなのだ。

（なんていい匂いなんだ）

処女の媚香に惹かれ、自然と顔が近づく。そうなると、離れることは不可能だ。愛しい女の子の、魅力的なところを目の当たりにしているのだから。

「え、雁谷さん？」

接近する気配を感じたのか、美梨が声をかける。それを耳にするなり、俊三は反射的に華芯へくちづけていた。

（ああ、すごい）

濃密さを増した女くささに、頭がクラクラする。愛しくて、切なくて、ねぶらずにいられない。

「アイヤっ、だ、ダメですぅ」

逃げようとする腰を捕まえて、男を知らない秘苑に舌を這わせる。甘い蜜を味わいつつ舌を躍らせると、ふっくらしたヒップがマットレスから浮きあがった。

「ああ、あ、雁谷さぁん」

俊三の頭を強く挟み込んだ内腿が、ワナワナと震える。清香のようにくすぐったがることはなく、ちゃんと感じているらしい。

なぜなら、洩れ聞こえる声が煽情的になったからだ。

「ン……ああ、あふっ、くぅうう」

足の指を舐めたときと同じ、色めいた喘ぎ声。そして、女芯から新たな蜜がとめどなく湧き出る。

間もなく、

「あふンッ！」

太い呼吸を吐き出し、美梨はぐったりと脱力した。

（イッたんだ……）

マットレスの上で手足をのばし、しどけなく横たわる恋人を見おろし、俊三は胸が熱くなった。彼女を絶対に幸せにするのだと誓い、汗ばんだ裸体に身を重ねる。

「メイちゃん――」

呼びかけると、美梨が気怠げに瞼を開いた。

「雁谷さん……」

虚ろな面持ちで名前をつぶやくなり、何があったのか思い出したらしい。頬を染め、狼狽をあらわにした。

「ど、どうしてあんなこと――」

なじろうとした唇を、俊三は咄嗟に塞いだ。優しく吸い、なだめるようなキスを続ける。

程なく、彼女は落ち着いたようだ。それでも、くちづけを解いて見つめ合うと、涙目で睨んでくる。

「……いきなりあんなことするなんて、ひどいです」

爪先をしゃぶったときよりも、抵抗を強く感じているようだ。中国では、クンニリングスはポピュラーな性愛行為ではないのだろうか。

「ごめん。だけど、メイちゃんのあそこがすごく可愛くて、どうしてもキスしたくなったんだ」

「可愛いって——あんなところ、可愛くないです」

「いや、可愛いよ。メイちゃんは、どこもかしこも全部可愛い。おれは大好きだからね」

「うう……」

羞恥に顔を歪めた美梨であったが、牡のシンボルが処女地に当たっていることに気づいたらしく、身を強ばらせる。それでも、健気に挿入を求めた。

「雁谷さん、わたしを女にしてください」

いじらしい訴えに、俊三は「わかった」と答えた。いよいよひとつになる瞬間を迎え、気概を胸に抱く。

（おれたちは、ずっといっしょなんだ――）

腰の位置を調整し、結ばれる体勢になる。

「メイちゃん、大好きだよ」

「はい。わたしもです」

「いくよ」

無言でうなずいた美梨が瞼を閉じる。俊三は彼女を我がものにすべく、清純の地へと踏み込んだ――。

4

素っ裸のままマットレスで抱き合い、汗ばんだ互いの肌を撫でる。初めて結ばれたあとであり、視線を交わすのもどこか照れくさい。

それでいて、胸には幸福感だけがあった。

「雁谷さん……」

「ん、なに？」

「わたし、とても幸せです」

そう言って、美梨が涙ぐむ。俊三は愛しさのままに、彼女を強く抱きしめた。

そのとき、携帯の着信音が鳴る。俊三への電話だ。

「はい、雁谷です」

急いで出ると、相手は製造部長だった。

『あー、こんな遅くにすまない。実は、どうしても君に頼まねばならないことがあるんだ』

「はい、何でしょうか？」

『実は、来春からシンガポールの支所に行ってもらいたいんだよ』

「はあ!?」

中国行きを命じられたとき以上にいきなりで、俊三は二の句が継げなかった。

『詳しい話は明日するが、現支所長が退職することになってな。ま、そういうことだから、よろしくたのむよ』

「い、いや、あの――」

『じゃあ、あとは明日だ。おやすみ』

一方的に電話を切られ、俊三はほとほと困り果てた。

（何だよ、シンガポールって……）

また明日、製造部長と人事部長から、経緯を聞かされることになるのか。そして、有無を言わさず了承させられるのだ。

暗澹たる気分に陥った俊三に、

「どうかしたんですか？」

美梨がからだを起こして訊ねる。

「いや……実は、今度はシンガポール行きを命じられたんだ」

「え？」

「まったく、ウチの会社の連中は、おれのことを何だと思ってるんだよ」

やるせなさに苛まれて愚痴ったところで、重大なことに思い至る。

（ちょっと待て。シンガポールって、何語で話すんだ？）

また新たに外国語を勉強しなければならないのか。どっと疲れを覚えた俊三であったが、美梨がニコニコしているのに気がついて（あれ？）となる。

「え、どうかしたの？」

訊ねると、彼女は得意げに胸を反らした。

「シンガポールは中国系の人間が多いので、中国語が公用語なんですよ」

「え、本当に?」

「だから、わたしもいっしょに行って、雁谷さんを助けてあげますね。だって
――」

美梨が恥ずかしそうに笑みを浮かべる。

「あなたは、わたしの大切なダンナさんなんですから」

女になったばかりの恋人を見つめ、俊三も「そうだね」と笑った。

＊この作品は、書き下ろしです。また、文中に登場する団体、個人、行為などはすべて実在のものとはいっさい関係ありません。

二見文庫

語学教室《ごがくきょうしつ》　夜《よる》のコミュニケーション

著者　橘《たちばな》　真児《しんじ》

発行所　株式会社 二見書房
東京都千代田区三崎町2-18-11
電話　03(3515)2311［営業］
　　　03(3515)2313［編集］
振替　00170-4-2639

印刷　株式会社 堀内印刷所
製本　株式会社 村上製本所

ISBN978-4-576-15167-0
http://www.futami.co.jp/

二見文庫の既刊本

誘惑の桃尻 さわっていいのよ

TACHIBANA,Shinji
橘 真児

高校に入学したばかりの恭司は、偶然目に飛び込んできた同級生・香緒里の下着を眺めていたことをとがめられ、香緒里たちから性的ないたずらを受ける。そのことで相談した担任の知夏先生に童貞を奪われるが、その現場にも香緒里たちが——。そこに、ずっと憧れていた亡き兄の嫁・美紗子も絡んできて……。人気作家による書下し官能！

二見文庫の既刊本

診てあげる 誘惑クリニック

TACHIBANA,Shinji
橘 真児

会社の指示で、人間ドックを受診することになった健太郎。その病院の検査担当は美人が多く、しかも親身に接してくれるものだからドキドキの連続。心電図では吸盤を付けるときに肌を撫でられ、超音波検査でも暗い密室で女医と二人きり。ローションをいやらしい手つきで塗り広げられ、そのまま「触診」を……。人気作家による書下し白衣官能！

二見文庫の既刊本

理想の玩具

TACHIBANA,Shinji
橘 真児

柿谷益男は、あるきっかけから就職することを決意し、仕事内容が「商品開発」とあった会社を受けることに。怪しい雑居ビルの中にある同社を訪れると、なぜか女子社員ばかりで、社長も女性。実はそこは男女用にさまざまな「快楽用の器具」を開発している会社だった……。「東スポ」連載に大幅加筆した傑作オナホ官能、ついに登場！